에이데스
Aides

웰미
Wellmy

칼라
Karla

이오라
Iora

클라테스
Clartes

illustration:Kuga Huna

RIDE OF A VILLAINESS

아바인
Arvine

레오니엘
Leoniel

PRIDE OF
A VILLAINESS

악역 영애의

나의 파멸을 대가로, 사랑하는 사람에게 축복을.

【악역 영애의 긍지】

긍지

메리 도
illust.
쿠가 후나
장혜영 | 옮김

{1}

contents

PRIDE OF A VILLAINESS

{겉}

나의 파멸을 대가로

PRIDE OF
A VILLAINESS

1. 웰미와 이오라

"에르네스트 백작 영애, 이오라! 너와의 약혼을 파기한다!"

슈나이거 백작 영식인 아바인이 학원 졸업파티에서 비웃음을 띠고 그렇게 선언했을 때.

에르네스트 백작 영애인 웰미는 한없이 후련한 기분이었다.

아바인에게 어깨를 안겨, 눈길을 향한 곳에 있는 것은 동갑내기 이복자매인 이오라 언니.

지금 막 약혼 파기 선언을 들은 그녀는 슬픈 얼굴로 시선을 떨구고 있었다.

"너처럼 평범하고 따분하고 못생긴 여자 말고, 나는 웰미와 약혼하겠어! 이건 에르네스트 백작가에서도 허락한 일이다!"

그 말을 들은 이복언니는 어떤 심정이었을까.

비쩍 마른 몸에 빛바랜 회색의, 아무렇게나 자란 윤기 없고 푸석푸석한 머리카락.

고가품이기는 하지만, 두꺼운 검은 테의 투박한 안경.

그 눈 밑에는 진한 다크서클이 있고, 피부는 건강미를 찾아볼 수 없게 까칠하고 창백하다.

원래도 수수한, 유행 지난 드레스는 하도 입어 색이 바래버렸고, 몸에 착용하고 있는 것들은 오래되고 싸구려인 장신구.

반대로 동생인 웰미 자신은, 아담한 체구에 건강미가 넘치고, 연한 빛으로 반짝이며 부드럽게 물결치는 플래티나 블론드.

고양이 같은 느낌의 주홍색 눈동자에, 보호 본능을 자극하는 어여쁜 미모.

공들여 가꾼 새하얀 피부에, 유행의 최첨단을 걷는 아름다운 드레스를 차려입고, 파티에 어울리는 광채를 발하는 고급스러운 장신구를 착용하고 있다. 학업 성적도 평범해서 중하위권 정도인 이복언니와, 위에서부터 세는 게 훨씬 빠를 만큼 우수한 웰미.

—정말로 어떤 심정일까….

상상하자, 기분이 좋아져 입가에 절로 미소가 감돈다.

이 졸업파티에 올 때, 아바인은 방금 전까지 그의 약혼녀였던 언니가 아니라, 웰미를 에스코트했다.

약혼자가 다른 여자…, 그것도 이복여동생과 함께 먼저 들어가버리는 바람에, 뒤따라 혼자 들어온 언니는 그 시점에 이미 모두의 비웃음에 직면해 있었다.

—불쌍한 언니.

아바인이 약혼 파기를 선언한 후, "알겠어요"라고 한마디만을 중얼거리고.

고개를 푹 숙인 채 회장을 나가는 언니를, 몇 안 되는 친구 중 하나인 자작 영애와 가난뱅이 남작 영식이 쫓아나간 게, 마음에 안 든다면 안 들지만.

—나를 미워하고 마음껏 원망하면 돼.

그런 비참하고 불쌍한 언니와의 생활도, 오늘로 끝이다.

졸업파티의 약혼 파기 사건 이후로 불과 보름.

2층의 발코니에서 내려다본 언니는, 홀로 지내던 허름한 별채에서 조용히 나와, 작은 짐 꾸러미와 함께 문 쪽으로 걸어가기 시작했다.

그녀는, 아버지에 의해 오늘, 팔려 간다.

"지참금 불필요, 준비금도 이쪽에서 내겠소." ……그렇게 타진해온 상대에게로.

애당초 준비금은 명분일 뿐, 실제로는 전부 아버지의 호주머니로 들어가는 것이다.

그런 언니를 따르는 사람은, 어린 시절에 함께 별채로 보내진 올레이 아라는 시녀뿐.

배웅하는 사람은 즐거운 미소를 지으며 내려다보는 웰미와, 집사인 골드레이뿐이다.

'도움이 안 된다', '애교가 없다', '예쁘지 않다', '그러니 데려갈 사람이 없다'…… 그렇게 구박받아온 언니는 덜컹거리는 작은 마차를 타고 새 약혼자의 집으로 보내지는 것이다.

상대의 이름은 에이데스 오르밀라주 후작.

통칭, 냉혹비정한 마도경.

여자와 사교를 혐오하기로 유명한 그에게로 '어떻게 취급하든 상관 없다'라고 적힌 서신과 함께.

절세 미모와 당대 최고의 마력을 겸비한 마도경은, 재능과 권력은 있지만 잔인한 남자라는 것이 사교계의 평판이었다.

이 이야기를 들으면 앞으로 언니에게는 비참한 불행만이 기다릴 거라는 소문이 퍼질 게 분명하다.

얼마 못 가 버려지거나.

그의 마술에 실험대상이 되거나.

혹은 가정폭력으로 지금보다 더 비참한 신세가 되지 않을까, 라고.

그게 아니라도, 뒷배도 없고 아름답지도 않은 그녀는 천덕꾸러기 신세가 되어, 사교계에서도 질투와 비웃음에 직면할 게 분명하다고.

어젯밤, 아버지는 언니에게 '버림받아도 돌아오지 마라. 이 집엔 이미 네가 있을 곳은 없다' 라고 선언했다.

언니는 웰미에게 계승권을 빼앗기고 폐적(주1)된 걸로도 모자라 집에서 쫓겨난 것이다.

그런 그녀를 태운 마차가 사라져가는 모습을 지켜보고 나서, 가벼운 발걸음으로 안으로 돌아온다.

졸업파티가 끝난 뒤로 줄곧, 좋은 기분이 이어지고 있었다.

오늘은 그중에서도 최고로 후련한 기분이다.

─잘 가, 언니.

오늘은 한껏 예쁘게 꾸미고, 값비싼 보석 액세서리를 사러 가야지.

언니를 팔아넘긴 덕분에 목돈이 생길 예정이라, 조금쯤은 사치를 부려도 아버지는 흔쾌히 허락해줄 것이다.

웰미의 인생은 빛나고 있었다.

반년 후, 단죄당할 때까지 줄곧.

주1) 폐적: 적자로서의 신분과 권리 따위를 폐함.

※ ※ ※

웰미 에르네스트는 평민 출신이다.

당시에는 성도 없이 그냥 웰미였고, 엄마와 가난하지는 않지만 유복하지도 않은 생활을 하고 있었다.

엄마는 백작의 애인이었으니까.

인생의 전환기가 찾아온 것은 8살 때.

에르네스트 백작인 아버지의 전처… 이오라 언니의 친어머니가 병으로 세상을 떠나고, 웰미의 어머니가 후처로 들어가게 된 것이다.

평민이 백작 부인이 되는 것을 친척들은 인정하지 않는 것 같았지만, 아버지는 밀어붙였다.

대신 모든 친척들과 연을 끊었다고 한다.

에르네스트 백작가의 쇠락은 거기서부터 시작된 걸지도 모른다.

처음 만났을 때, 이오라 언니는 우아한 커트시(주2)를 보여주었다.

윤기 흐르는 아름다운 은회색 머리카락.

강한 마력을 나타내는 진보라색으로 반짝이는 지성적인 눈동자.

마치 반짝이는 듯한 아름다운 피부의 귀족 영애.

미소와 함께 자신을 소개한 동갑내기 소녀는 반짝반짝 빛나고 있었다.

고생이라고는 전혀 모를 것 같은 천진무구한 눈동자로 웰미를 물끄러미 응시한다.

"잘 부탁해, 웰미."

어머니를 배신한 아버지의 첩의 딸에게, 그렇게 말을 건네고 미소 지은 그녀는.

주2) 커트시: 여성이 무릎을 살짝 굽혀 경의를 표하는 인사.

그때 어떤 심정이었을까.

가능한 한 웰미에게 상냥하게 대해주려고 하는 이오라와, 그녀를 여기저기 끌고 다니며 놀기 바쁜 자신.

그런 언니와, 자신의 대우가 달라진 것은 10살 때였다.

때때로 보이던, 언니와 웰미를 대하는 부모의 애정의 차이.

결정적인 계기는 언니와 함께 놀던 웰미가 강물에 빠져 고열로 앓아누운 사건이었다.

부모는 언니를 다그쳤다.

"네가 놀러 가자고 꼬드기는 바람에 웰미가!" 라고.

그 후로 점차 언니와 놀지 않게 되었다.

처음에는 웰미가 갖고 싶어 했던 소지품이 압수되었다.

언니 친어머니의 유품인 보석은, 자신의 것이 되었다.

그 후에도 언니는 훈육이라는 이유로 툭하면 끼니를 굶어야 했고.

급기야는 고용인의 유니폼을 입고, 마치 하녀처럼 집안일을 하고, 가족과 함께 식사도 하지 못하게 되었다.

그즈음부터 웰미는 언니의 용모에 트집을 잡기 시작했다.

"아버지, 언니의 머리카락 색이 보기 싫어요."

그렇게 말하자, 언니는 강제로 머리를 염색당하고 빗질조차 허락되지 않아, 부스스하고 칙칙한 회색빛 머리카락이 되었다.

"어머니, 언니가 자꾸 노려봐요. 아무래도 눈이 나쁜가 봐요."

그렇게 말하자, 언니는 투박한 검은 테 안경을 강제로 써야 했고, 벗는 것이 금지되었다.

비쩍 말라 볼품없는 꼴이 된 언니를 본 웰미는 그제야 만족하고, 마지막으로 선언했다.

"아버지, 어머니, 저는 저렇게 지저분하고 초라한 언니는 보고 싶지 않아요."

하녀처럼 집안일에 시달리지 않게 된 대신, 언니는 여름에는 덥고 겨울에는 추운 별채로 쫓겨나, 마음대로 밖에 나갈 수도 없게 되었다.

언니의 방은 웰미의 방이 되었다.

언니의 모습이 초라해지면 초라해질수록 웰미는 더욱 아름다워졌다.

값비싼 드레스를 입고, 왕녀 못지않은 미모라고 칭송받았다.

천사의 링처럼 반짝이는, 햇살 같은 머리카락이라고 칭찬받았다.

보는 이의 기분을 밝게 만들어주는 영롱한 보석이라고, 주홍색 눈동자를 찬양받았다.

이윽고 귀족학교에 입학할 나이가 되기 직전, 언니는 아바인과 약혼했다.

아바인은 차남이었는데 그의 본가인 슈나이거 가문은 최근에 막 백작으로 승작된 유복한 집안이었다.

에르네스트 백작가와는 원래부터 친교가 있었다고 한다.

'옛날에 본 아름다운 이오라와 약혼하고 싶다'는 혼담 제의를, 양친은 기뻐하며 받아들였지만, 언니를 만나게 해주지는 않았다.

귀족학교에서 언니와 얼굴을 마주한 아바인은 명백하게 낙담한 모습이었다.

그리고 틈만 나면 주위에 푸념을 늘어놓았다.

'이오라가 그렇게 못생긴 여자가 됐을 줄 몰랐다'라고.

대놓고 언니를 싫어하면서, 말을 걸어도 퉁명스럽게 대하는 아바인의 모습을 보고, 웰미는 얼른 접근했다.

애교를 부리며 호감을 표해주자, 그는 입이 귀에 걸리더니만 덥석 받아들였다.

언니에게는 '학교에서는 아바인 님과 나에게 가까이 오지 마'라고 경고해두었다.

그래서 함께 있는 일은 없었지만, 가끔 학교에서 마주칠 때는 여봐란 듯이 아바인의 팔에 매달려 다정한 모습을 과시했다.

아바인이 "웰미와 약혼했으면 얼마나 좋았을까" 라고 말할 때마다, 미소를 지어 보였다.

유일하게 "언니의 약혼자와 너무 가까이 지내는 건 좋지 않아요" 라고 웰미의 처신을 지적한 자작가의 영애 칼라에게는 "그렇게 예의범절을 따지고 싶으면, 우리 언니하고나 같이 다니든가!"라고 쏘아붙이고 친교 대상에서 제외했다.

함께 어울리는 소녀들은 모두 웰미 편이었다.

게다가 약혼자인 아바인이 오히려 더 나서서 언니를 헐뜯으며 나쁜 소문을 퍼뜨려서, 그녀에게는 학교 친구가 거의 없었다.

하지만 가끔 학교 도서관에서, 레오라는 가난뱅이 남작 영식과 함께 있는 모습을 종종 볼 수 있었다.

언니는 얼마 전부터 아버지의 명령으로 영지 관리 일을 시작했기 때문에, 조사를 위해 도서관을 찾는 일이 일반 학생보다 훨씬 많았다.

귀족학교에서 지내는 시기가 절반쯤 지났을 무렵에는, 언니는 별채에서 온갖 서류 작업과 영지 운영 잡무를 거의 전부 떠맡게 돼서, 늘 수면 부족에 시달리는 것 같았다.

그런 와중의 짧은 만남도, 아바인을 시켜 방해하게 했다.

그는 '남의 약혼녀에게 함부로 말 걸지 마'라고, 그때만큼은 언니의 약혼자로서 유세를 부리고…… '내 여자'라고 소유권을 주장했다.

아바인에게는 전혀 중요하지도 않을 관계를 내세워, 언니를 고립시키도록 조종하고 있었다.

이윽고 언니도 일에 익숙해졌는지 도서관에 가는 횟수가 줄어들어,

그녀 옆에서 레오의 모습을 보는 일도 없어졌다.

그렇게 되니, 언니는 점점 더 고립되고 초라해져갔다.

하지만 어느 날, 그동안 남의 눈을 피해 언니와 이야기를 나눈 모양인지, 레오가 건방지게도 이런 말을 해왔다.

"이오라가 싫으면, 왜 그렇게까지 그녀 일에 관여하는 거지?"

그 거침없는 눈빛이 마음에 들지 않아, 웰미는 희미한 웃음을 띠고 대답했다.

"당신 같은 겁쟁이에게는 그런 언니조차도 아까우니까."

아바인 앞에서는 찍소리도 못 하는 소인배.

그 무렵에는, 이미 아바인이 양가 부모를 졸라 약혼녀를 바꾸려 하고 있다는 것은 공공연한 비밀이었다.

상대는 물론 웰미.

아버지와 어머니도 후계자의 지위를, 언니에게서 웰미로 바꾸기 위해 움직이고 있었다.

하지만 아무리 그래도 이오라는 명색이 백작가의 영애인데, 겁쟁이가 상대라니 가당키나 한 말인가.

그것이 그에 대한 인식이었지만, 그는 왠지 웰미의 말에 조금 놀란 기색이었다.

―만에 하나라도 정조를 의심받는다면, 언니를 비싸게 팔 수 없게 되니까.

표면적으로는 별문제 없이 인신매매를 하는 방법은 얼마든지 있다.

언니는 외모는 볼품없어도 백작 영애다.

조금이라도 비싸게 값을 쳐줄 상대를 찾기 위해 참석한 야회에서, 웰미는 우연히 마도경을 만났다.

그와 부딪치는 바람에 부축을 받은 것이다.

무섭도록 아름다운 미모에 냉혹한 표정을 한 남자는 언니처럼 강대한 마력을 나타내는, 푸른빛이 도는 보라색 눈동자를 가지고 있었다.

개인적으로는 그 남자에게 전혀 관심 없었지만 왠지 거슬렸다.

그 후에도 마도경을 뚫어져라 응시하는 웰미에게, 아바인이 무슨 오해를 했는지 "나 말고 다른 남자에게 반한 거야?"라고 심통을 부려서, 몸을 기대고 애교를 부리며 달래주느라 몹시 귀찮았다.

그 후로도 웰미는.

어머니와 함께 액세서리와 드레스를 사들이고, 시녀에게 피부 관리를 받으며 점점 더 아름다워졌다.

그리고 다과회나 야회에서의 예의범절은 물론, 미모와 인망, 성적조차도 언니보다 아래인 것은 용납되지 않는다.

웰미는 모든 면에 있어 언니를 능가하지 않으면 안 되는 것이다.

그래서 언니에게 제안했다.

언니가 웰미보다 더 똑똑하다는 건 인정하고 있었기 때문에.

"언니의 리포트 과제는 전부 내 이름으로 제출해줘. 내 과제는 언니 이름으로 제출할게."

생긋 웃으며 말하는 웰미의 부탁을, 언니는 거부할 권리가 없었다.

필기시험만큼은 직접 공부할 수밖에 없었지만, 잠잘 시간을 아껴가며 영지 관리 업무를 처리하느라 시간이 없는 언니와,

자유롭게 시간을 쓸 수 있는 데다, 리포트도 대충 써도 되는 웰미라면, 당연히 웰미가 훨씬 유리하다.

그리고 결국 아버지와 웰미에게 실컷 이용만 당하다 졸업파티에서 모든 걸 잃고, 급기야 마도경에게 팔려간 언니에 대한 생각은 일단 접

어두고, 결혼 준비를 하고 있었다.

그런 반년 후의 어느 날, 문득 소문을 들었다.

언니가 마도경과 함께 다정한 모습으로 야회에 참석했다는 소문이다.

몰라볼 정도로 아름다워졌다는 이야기에, 웰미는 코웃음을 쳤다.

아바인도 "말도 안 되는 소리"라며 웃고 있었지만.

웨딩드레스를 맞추기 위해 방문한 드레스 숍에서, 웰미는 언니를 만났다.

아름답게 물결치는 은회색 머리카락과 보라색 눈동자, 매끄럽게 반짝이는 피부를 되찾은 언니는.

아직 좀 마르긴 했지만, 그전과는 비교도 안 되게 건강한 모습으로, 그 얼음장 같은 미모의 마도경 옆에 조용히 서 있었다.

"저 여자가 이오라라고……? 거짓말이지……?"

아바인은 어안이 벙벙한 모습이었다.

두 사람은 곧 최고급 드레스 숍으로 들어갔고, 헤어지고 나서도 계속 언니를 의식하는 아바인을 웰미는 불편한 심정으로 무시했다.

언니가 떠난 뒤로, 웰미는 아버지의 영지 관리 일을 돕게 되었고, 심지어 돈을 아껴 쓰라는 잔소리까지 듣게 되었다.

점점 바빠지고, 가난해지는 생활.

돈 쓰는 걸 못마땅하게 여기는 아버지와, 전혀 아랑곳없이 돈을 물 쓰듯 하는 어머니의 싸움도 끊이지 않게 되었다.

웰미는 일에 치여 잠도 부족하고 집안 분위기도 엉망이라, 아바인과의 사이도 조금씩 틀어지고 있었고.

그래도 결혼식이 가까워져, 기분이 점점 고조되고 있던 그때.

몇 번을 재촉해도 입금되지 않았던 언니의 결혼 준비금에 대해 "할 말이 있다"는 마도경의 연락과 함께, 약혼 피로연 초대장이 날아왔다.

부모와 웰미는 한껏 화려하게 차려입고 마도경의 저택으로 향했다.

그곳에서 기다리는 절망을 모른 채.

아직 희망이 있다고 믿으면서.

※ ※ ※

야회 회장에는 많은 사람들이 모여 있었다.

귀족학교에서 늘 붙어 다녔던 소녀들의 얼굴도 보이고, 웰미에게 건방진 충고를 했던 자작 영애 칼라와 레오의 얼굴도 보였다.

그들의 부모로 보이는 사람들과, 모두가 아는 고위 귀족의 얼굴까지도.

이윽고 혼자서 초대객을 응대하고 있던 주최자 마도경이 사람들을 향해 입을 열었다.

"우리 오르밀라주 후작가의 약혼녀를 소개하겠소."

그리고 마도경의 에스코트를 받으며 나타난 사람은 몰라볼 정도로 기품이 있고, 아름답게 차려입은 언니였다.

마치 여신 같다고 주위에서 술렁이는 소리.

그리고 이 야회의 주인공인 이오라 언니와 마도경의 퍼스트 댄스가 시작되었다.

모두가 감탄의 한숨을 내쉬며, 그 너무나도 우아한 춤에 넋을 잃고 있었다.

아버지는 경악한 나머지 눈이 커지고, 어머니는 증오에 불타는 눈으로 언니를 노려보았다.

아바인은 넋을 놓은 채 언니를 뚫어져라 응시하고 있었다.

자신이 놓친 사냥감이 얼마나 큰 것이었는지를 깨닫고 후회하는 듯한 표정으로.

댄스가 끝나고 마도경이 인사하자, 주위는 열광하며 찬사를 보냈다.

환하게 미소 짓는 이오라 언니 곁을 자연스럽게, 마치 호위처럼 조용히 따르는 칼라와 레오의 모습이 보이고.

웰미는 입가에 미소를 지으며 앞으로 나아갔다.

"어머, 언니…… 지위도 낮은 그런 사람들을 옆에 두고 부끄럽지도 않아? 예쁜 드레스 덕분에 기껏 얻은 품위가 떨어지잖아."

그 발언에 주위가… 조용해졌다.

칼라와 레오는 이쪽으로 차가운 눈빛을 향하고 있었지만.

그보다 더 얼음장 같은, 마도경의 푸른빛이 도는 보라색 눈동자가 웰미를 주시하고 있었다.

그리고 언니가 슬픈 표정으로 눈길을 떨군다.

"웰미…, 그들은 내 소중한 친구야. 그런 식으로 말하지 마."

"어머, 사실이잖아. 가진 거라곤 배짱뿐인 자작 영애와, 가난한 겁쟁이 남작 영식. 하긴, 에이데스 님의 배우자로 걸맞지 않은 언니에게는 어울리는 친구일지도 모르지만."

"입 다물어, 웰미 에르네스트."

절대 영도의 차가운 목소리에 저도 모르게 입을 다물었다.

"이 자리에서 이오라를 모욕하는 말을 하고도 무사할 것 같나?"

"어머, 그게 무슨 말씀이세요? 에이데스 님. 저는 사실을 말했을 뿐인걸요."

교태가 담긴 미소를 지으며 웰미가 말했지만.

변함없이 그 무표정한 얼굴로 마도경은 담담하게 말을 이었다.

"너에게 내 이름을 부르는 걸 허락한 기억은 없어. ―이오라를 학대한 어리석은 것이."

마도경의 발언에, 웰미는 더 크게 미소 지었다.

"어머나, 오해예요. 에이데스 님. 저는 언니를 학대한 적이 없어요. 누가 무슨 말을 했는지는 모르겠지만……."

정말로 난처한 듯이 볼에 손을 대고, 언니를 포함한 세 사람 쪽으로 눈길을 보냈다.

"이름을 부르지 말라고 했을 텐데? 귀까지 어두운 모양이군. 너희 일가의 악행은 전부 조사가 끝났다."

"그런 무서운 말씀은 하지 말아주세요. 저희는 아무 짓도 안 했어요. 그렇죠? 아버지, 어머니."

웰미가 돌아보고 동의를 구하자, 부모가 격하게 고개를 끄덕끄덕했다.

"그렇소, 마도경! 우리는 이오라를 학대한 적이 없소!"

"오히려 그 아이가 일도 안 하고 허구한 날 돈만 써 대서 애를 먹은 건 우리예요."

"쯧, 마도경의 동정을 사서 겉모습만 나아졌을 뿐, 속은 전혀 변한 게 없구나, 이오라!"

하지만 그 말은 마도경의 가슴에 와 닿지 않은 것 같았다.

오히려 얼음장같이 싸늘한 미소를 머금으며 눈매를 좁힌다.

"호오, 그래? ……그렇다면 잠시 여흥 삼아 당신들의 죄를 하나하나 폭로해주기로 하지."

마도경의 그 말에.

웰미는 진심으로 기쁨에 전율하며, 무심코 미소가 감돌 것 같은 볼

에 힘을 주었다.

　이제부터 단죄가 시작되는 것이다.

　—전부, 웰미가 노린 그대로다.

2. 의도한 그대로의 단죄극

"웰미 에르네스트. 모든 일의 시작은, 네가 강에 빠진 사건에서 비롯되었다고 들었다만?"

마도경의 추궁에 웰미는 당시의 일을 떠올리고 있었다.

그것은 선명하게 남아 있는 기억 중에서도, 두 번째로 오래된 언니와의 기억.

가장 오래된 기억은, 물론 언니와 처음 만났을 때의 일.

―예뻐.

그때, 이렇게 예쁜 소녀가 이 세상에 있구나, 하고 웰미는 생각했다.

그녀는 굉장히 상냥해서 당시 그녀가 자신을 어떻게 생각했을지, 거기까지는 미처 생각을 못 했지만.

사이좋게 지내주는 게 기뻐서 언제나 함께 놀았다.

그때는 아직 이오라 언니의 어머니의 시녀였다고 하는 노파가 있어서.

두 사람을 돌봐주고 있었다.

그렇다, 그 두 번째의 기억인 강에 빠진 사건은 그 노파가 떠난 직후의 일이었다.

이미 고령이라 몸이 말을 안 듣는다면서, 작별을 아쉬워하며 웰미와 이오라를 두고 떠난 노파는 마지막에 둘의 머리를 쓰다듬어주었다.

"사이좋게 지내주세요."

라고.

그 노파가 죽었다는 소식을 들은 것은, 그로부터 겨우 두 달이 지난 후의 겨울이었다.

예쁜 돌 줍는 걸 옛날부터 좋아했던 웰미는 강에 빠진 날도, 새로운 시녀 올레이아와 언니를 졸라 밖에 나갔다.

그리고 접근하기 조금 힘든 곳에 있는 강가의 돌을 주우러 간 것이다. 위험하다고 말리는 언니에게, 괜찮아! 라고 말했지만…… 이끼 때문에 미끄러운 돌을 밟고 그대로 미끄러졌다.

얕은 곳이라 다행이었지만 흠뻑 젖어버린 웰미는 결국 열이 나고 말았다.

몽롱한 의식 속에, 머리맡에서 "너 때문에!"라고 언니를 다그치는 부모의 고함을 들었다.

"아니야, 언니는 못 가게 말렸어요"라고 웰미는 말했지만, 무시당했다.

그리고 흐릿한 시야 속에 본 부모의 그 얼굴에, 소름이 끼쳤다.

그들의 눈이 웃고 있었기 때문에.

마치 드디어 언니를 괴롭힐 구실이 생겼다고 말하는 듯한 표정으로.

얼굴은 화난 표정이지만, 속으로는 악마처럼 웃음 짓고 있는 모습이, 어째서인지 웰미에게는 보였다.

—이 사람들은, 누구?

마치 낯선 악마가 부모의 몸 안으로 들어간 것처럼, 웰미에게는 느껴졌다.

언니는 슬픈 얼굴로 고개를 숙이고 있어서 모르고 있지만.

이윽고 그녀를 다그치고 매를 때리는 것도 지쳤는지 부모는 방을 나갔다.

그때부터 언니는 밤새, 올레이아와 함께 웰미를 간병해 주었다.

상냥한 언니.

갸륵한 언니.

미안해, 라고 말하는 그녀의 볼은, 어머니에게 맞아 애처로울 정도로 빨갛게 부어 있었다.

—무서워.

웰미는 자신을 지켜줄 것처럼 분노한 척하면서, 고열에 시달리는 자신을 방치하는 부모가 무서웠다.

그런 그들의 악의가 이오라 언니에게로 향하고 있는 게, 무엇보다도.

그들의 손에서 풀려난 언니를 힐끔 쳐다보고, 웰미는 마도경을 향해 거짓말을 했다.

"당연히 혼나야죠. 저는 언니 때문에 강에 빠졌으니까요."

"이오라가 데려온 시녀는 그렇게 말하지 않던데."

그날, 함께 있었던 시녀.

언니가 마도경에게 갈 때도 함께 따라간, 두 살 위의 올레이아.

그러고 보니, 그녀의 처우가 나빠진 것도 그날부터였을까.

그래서 별채로 쫓겨나는 언니의 전속 시녀로 보내라고, 부모에게 말한 것이다. 마도경의 시선이 향한 곳, 남작들 뒤에서 조용히 앞으로 걸어 나온 흑발의 올레이아는 고요한 눈빛으로 웰미를 바라보고 있었다.

그래서 일부러 더 인상을 쓰며 얼굴을 일그러뜨렸다.

"어머 올레이아…. 네가 그런 거짓말을 했니?"

"거짓말이 아닙니다, 웰미 님. 그날은 아가씨가 말리는 것도 듣지 않고 강가로 뛰어간 당신이 혼자 강에 빠진 거예요."

분명하고 또렷한 목소리로 말하는 그녀를 외면하고, 웰미는 마도경을 쳐다본다.

"자기 할 일도 제대로 못 하는 이런 시녀의 말을 곧이곧대로 믿으시는 건가요? 에이데스 님 같은 분께서……."

몇 번을 지적해도 이름을 부르는 무례를 멈추지 않는 웰미의 태도에, 무슨 생각을 했는지.

거기에 대해서는 언급하지 않은 채, 그는 이야기를 진행시키기로 한 것 같았다.

"그리고 이오라를 학대하기 시작한 너희는 그녀가 가진 모든 것을 빼앗았지?"

그렇게 만든 계기는 틀림없이 웰미였다.

왜냐하면 언니를 대하는 양친의 태도는 날이 갈수록 심해졌으니까.

처음에는 그녀의 물건을 빼앗는 것으로 시작되었다. 웰미가 언니의 목에 걸린 목걸이를 보고 "언제 봐도 너무 예뻐"라고 말했을 때.

언니가 뭐라고 대답하기도 전에, 어머니가 말한 것이다.

"그래, 우리 웰미에게 더 잘 어울리겠다."

라고.

그런 의도는 아니었다. 놀라서 눈을 크게 뜨는 웰미 이상으로, 언니의 얼굴은 창백해져 있었다.

"그건 제 친어머니의 유품이에요"라고 울먹이며 언니가 애원해도, 어머니는 들은 척도 안 하고, 어안이 벙벙해져 있는 웰미에게 목걸이를 건네주었다.

"자, 이건 오늘부터 네 거야"라는 어머니의 말에, 반발심밖에 들지 않았다.

—아니야. 이건 언니 거야.

속으로 그렇게 말했지만 이걸 몰래 언니에게 돌려준다면 분명 훔쳤다고 하면서 어머니가 길길이 뛰리라는 건 쉽게 상상할 수 있었다.

그래서 슬퍼하는 언니를 외면하고 방으로 가지고 돌아와, 보석함 안쪽 가장 깊은 곳에 숨겨놓았다.

언젠가 어른이 돼서 괜찮아지는 날이 오면 돌려주기 위해.

언니의 드레스도, 다른 모든 것들도 그날부터 하나씩 하나씩 웰미의 것이 되었고.

입을 수 없게 된 드레스는 돌려줘도 의미가 없지만, 다른 소품 같은 건 전부 잘 간직해두었다.

—그리고 언니가 떠나는 날에.

웰미는 자신이 가진 것들을 보석으로 바꿔, 작은 주머니에 담았다.

물론 언니 어머니의 유품인 목걸이도.

그것을 몰래 올레이아에게 건네주며 명령했다.

최대한 악랄한 미소를 지으며 "언니가 훔친 것처럼 짐 속에 넣어둬"라고.

모든 것을 빼앗았다, 라고 말하는 마도경.

거기에 대한 반론으로, 미리 준비해둔 대책이 도움이 될 것 같아서 웰미는 만족하며 입을 열었다.

"빼앗았다고요? 좀도둑 같은 짓을 한 건 언니 아닌가요?"

웰미의 예상대로, 언니는 오늘, 어머니의 유품인 목걸이를 착용하고 있었으니까.

"그 목걸이는 언니가 저에게 준 거예요, 에이데스 님. 그게 왜 언니의 목에 걸려 있는 거죠? ……집을 떠날 때 훔쳐 간 것 아닌가요?"

그 말에, 주위의 귀족들이 술렁였지만.

마도경은 그것을 코웃음으로 받아넘겼다.

"그녀가 가져온 보석들에는 전부 마술로 은폐된 소유자 각인이 새겨져 있었어. ……'이오라 에르네스트'라고."

그 말에, 다시 주위가 술렁거렸다.

웰미는 빠드득 이를 갈면서 인상을 찌푸렸다.

"골드레이……!"

일부러 집사의 이름을 입에 담는다.

보석류를 사들일 때는 늘, 지금은 이 자리에 없는 그를 대동했었다.

혹은 집으로 보석상을 부를 때도, 그를 옆에 동석시켰다.

환금한 날도 물론.

—그 보석류에 새겨진 소유자 각인의 명칭은 전부 웰미 자신이 서명한 것.

이런 반론을 받기 위해서이자, 동시에 언니에게 조금이라도 재산을 남겨주기 위해.

웰미의 태도를 본 사람들은 분명 '집사가 그렇게 일을 꾸몄다'라고 생각했으리라.

이 뒤에 시작될 더 큰 단죄극을 보고 나면, 아마 그들은 골드레이에 대해 나쁘게 말하지는 않을 것이다.

학대받은 정통 작위 계승자를 위해, 충실한 집사가 한 행동으로 생각할 테니까.

"이오라에게 누명까지 뒤집어씌우려 한…… 교활한 짓이었지만, 마무리가 허술했어."

마도경의 냉혹한 미소에 내심 비슷한 미소로 응수하며, 웰미는 짐짓 분한 듯이 고개를 숙여 보였다.

단죄극은 아직 계속되고 있다.

이 정도는 정말로 시작에 불과하니까.

※ ※ ※

"가진 걸 **빼앗은** 후에는"

마도경의 말이 다시 이어졌다.

"머리를 염색하도록 강요하고, 억지로 안경을 씌워 얼굴을 가리고, 남루한 옷을 입혀 하녀처럼 부려먹지 않았나? 급기야는 별채로 쫓아내기까지 하고 말이야."

완전히 그것은 사실이었다.

웰미가 자신의 의사로, 양친에게 말해 언니를 쫓아내게 한 것이다.

그것은 12살 때의 일이었다.

시녀들도 꺼리는 일까지 전부 떠맡게 된 언니는 극도로 지쳐 있었다.

양친의 눈을 피해 그녀를 도와준 사람은 시녀 올레이아뿐, 집사를 제외하고 아버지가 새로 들인 고용인들은 모두 보고도 못 본 체하고 있었다.

—이대로는 언니가 죽고 말 거야.

사소한 실수 하나에도, 툭하면 벌로 밥을 굶고, 호되게 꾸지람을 듣는 언니.

어떻게 해야 좋을지 웰미는 필사적으로 생각했다.

언니가 불쌍하다고 그 악마들에게 아무리 애교를 부리며 에둘러 말해 봐도 "어머나, 우리 웰미는 착하기도 하지. 그에 비해 이오라는 정말……" 하면서 또다시 악담을 시작하며 전혀 들으려 하지 않는다.

그래서 반대로, 언니를 학대하는 형태로 언니를 지켜야 한다는 결론에 이르렀다.

앞으로 2년만 있으면, 두 사람은 귀족학교에 입학하게 된다.

웰미에게는 가정교사가 있었지만, 언니에게는 없었다.

그러면 수업을 못 따라가서 성적이 나빠질지도 모른다.

그리고 어쩌면, 성적이 뛰어나지 않아도, 언니의 미모와 강한 마력이 담긴 눈동자 색을 알아차리는 사람도 나올 수 있다.

수업시간에 마술을 함부로 사용하지 말라고 엄포를 놓으면 그만이라 해도.

백작 영애지만 아무도 지켜주는 이 없는 언니가, 만약 악의를 품은 자들의 표적이 된다면.

그렇게 생각한 웰미는, 일단 언니의 미모부터 숨기기로 했다.

"아버지, 언니의 머리카락 색깔이 보기 싫어요."

너무 아름다워서, 무심코 눈으로 좇게 되니까.

"어머니, 언니가 자꾸 노려봐요. 아무래도 눈이 나쁜가 봐요."

그 반짝이는 눈동자 색을, 머리카락 말고도 가릴 게 필요하니까.

밥을 제대로 못 먹어 말라깽이가 된 언니가, 확실하게 볼품없어지고 난 뒤에.

"아버지, 어머니, 저는 저렇게 지저분하고 초라한 언니는 보고 싶지 않아요."

실은 언니가 아름답게 차려입기를 바랐다.

하지만 지금의 웰미는, 이런 방법으로밖에 언니를 지킬 수 없으니까.

"그러니까 별채에서 지내라고 해주세요."

그 계획은 뜻대로 되었다.

시녀 올레이아를 '마음에 안 든다'는 구실로 언니와 함께 별채로 쫓아 버렸다.

그녀라면 분명 이오라 언니를 본채의 악의로부터 다소는 지켜줄 것이다.

올레이아 외에 다른 고용인은 아무도 드나들지 못하게 해달라고 어머니에게 부탁하고.

처음 언니를 지킬 방법을 생각해낸 당시의 자신을 칭찬하면서, 웰미는 마도경에게 반박했다.

"오해예요, 에이데스 님. 언니가 스스로 '하녀 일을 배우고 싶다'라고 하면서 도운 거예요. 별채에도 자신의 의지로 간 거고요. 아마 우리 얼굴이 보기 싫었던 모양이죠."

생긋 웃어 보인 웰미에게, 마도경은 코웃음을 쳤다.

"잘 아는군. 그래, 너희 얼굴 따위는 보고 싶지 않았겠지. 하지만 땔감도 이불도 제대로 안 주고, 그 때문에 병에 걸려도 의사에게 보이지 않은 건 무슨 이유지?"

"그, 그건 언니가 의사를 싫어해서……."

"호오, 우리 집에 와서는 순순히 의사의 진료를 받고 그 박식함으로 친해지기까지 했는데?"

―그렇겠죠.

당연히 언니는 의사를 싫어하지 않는다.

올레이아가 '쓰러져 열이 난다'고 호소해도, 집사가 '상태가 심각하다'라고 알려도, 부모는 전혀 손쓸 생각을 하지 않았던 것이다.

그때도 웰미는 지혜를 쥐어짰다.

부모는 다과회와 야회에 자주 참석하는 편이다.

부부 동반으로 외출하는 것은 기본적으로 야회다.

언니가 고열로 쓰러진 다음날 밤에도, 양친은 야회에 참석할 예정이었다.

그래서.

웰미는 어머니에게 받은 조그만 나석을 하나, 편지와 함께 봉투에 담아,

집사를 통해 올레이아에게 몰래 '의사에게 밤에 와달라고 말하러 가

라'라고 시켰다.

그 두 사람은 언니 편이었으니까.

누가 그렇게 시켰는지는 말하지 말라고 단단히 입단속을 하고.

내친김에, 안 쓰는 이불을 꺼내 언니에게 가져다주게 하고, 보석을 하나 더 건네주면서 그걸로 별채에서 쓸 장작을 넉넉하게 구입하라고 명령했다.

어차피 그 사람들은 별채에는 가지 않을 테고, 골드레이라면 알아서 잘 처리해줄 것이다.

부모는 '아프면 밥을 못 먹을 테니 이오라 몫은 준비 안 해도 돼'라고 말하고 외출했다.

그렇다면, 대단한 건 아니더라도 뭔가 먹을 게 필요하다.

웰미는 자신의 빵을 하나 숨겨놓고, 고용인들이 식사를 마칠 때쯤 주방으로 향했다.

"수프가 모자라. 더 줘"라고 말하자, 건더기는 남은 게 거의 없습니다, 라고 하면서 요리사가 그릇에 수프를 담아 쟁반에 올려주었다.

그 수프와 숨겨두었던 빵으로 죽을 만들어, 별채에서 나온 올레이아에게 내밀었다.

깜짝 놀라 눈이 동그래진 그녀에게 "도움이 안 되는 언니에게는 이런 쓰레기 같은 음식이 어울려"라고 독설을 내뱉고, 얼른 본채로 돌아왔다.

그 후, 의사로 보이는 사람이 마차를 타고 왔다가, 다시 몰래 골드레이의 배웅을 받으며 돌아가는 모습을 조금 안도한 심정으로 훔쳐보고 나서 잠을 청했다. 열이 떨어졌다는 보고에 악운이 강하다고 거리낌 없이 내뱉는 양친을 보고, 웰미는 확실하게 이해했다.

―아아, 이 사람들은 언니가 죽기를 바라는구나.

왜 그렇게까지 지독하게 구는지, 그 이유는 알 수 없었지만.

웰미는 그 후에도, 언니가 가급적 곤란해지지 않도록, 하지만 자신이 도와주고 있다는 걸 들키지 않도록 신중하게 행동했다.

그중에서도 가장 뜻대로 잘되었다고 생각하는 것이, 언니에게 가정교사를 붙여준 일이다.

"어머니, 그 가정교사는 잔소리가 너무 심해요. 전 이제 싫어요. 언니한테나 붙여주세요. 저는 상냥한 선생님이 좋아요!"

어머니가 붙여준 가정교사는 굉장히 실력 있는 사람이었다.

엄격하지만, 예의범절은 배운 대로만 하면 아무에게도 책잡힐 일이 없고, 공부도 세심하게 봐준다.

―이 사람이라면, 언니가 학교에서 창피당하지 않을 만큼의 교양을 쌓게 해줄 거야.

그걸 바라고, 어머니에게 넌지시 '언니를 학대하는 데 써먹기 좋은 사람'이라고 암시해, 언니의 가정교사로 만드는 데 성공했다.

다음에 온 웰미 자신의 가정교사는 평범한 사람이었지만, 그래도 상관없었다.

귀족학교 입학까지 앞으로 1년밖에 안 남았을 무렵에는, 웰미는 한가지 결심을 하고 있었으니까.

―언니를 이 집에서 도망시켜주자.

그러기 위해서라면 자신은 파멸해도 상관없으니까.

※※※

"지금까지 이야기한 것만으로도 지독한 처사지만…, 거기에 더해 너희는 너희끼리만 돈을 물 쓰듯 쓰고 다녔지. 증거도 다 확보해 놨다."

"남의 집 지출 상황까지 간섭하는 건가요…? 그리고 재산을 탕진한 건 우리가 아니라 언니예요! 비싼 마도구만 사들여 가지고…."

에이데스가 신호하자, 고용인이 두꺼운 장부 두 권을 들고 얼른 옆으로 다가왔다.

그것을 받아든 그는 기가 차다는 듯한 눈빛을 에르네스트 백작… 아버지에게로 향했다.

"그래, 드레스와 보석뿐 아니라 마도구 비용도 계상되어 있군. 그리고 이건 누군가가 보내온 에르네스트 백작가의 장부인데…, 금액이 다르게 적힌 게 두 권 있군."

그 의미를 깨달은 아버지의 얼굴에서 핏기가 가셨다.

주위에서도 그 말의 의미를 깨달은 몇몇 사람이 경멸의 눈초리로 그를 쏘아보았다.

─이중장부.

지금 에이데스는 누군가가, 라고 말했지만… 익명으로 그 장부를 에이데스에게 보낸 사람은 웰미 자신이었다.

언니의 주요 업무는 영수증 등의 금액을 장부에 정리하는 일과, 영지 관리자들에게 보내는 아버지의 편지를 대필하는 일, 그리고 의견을 취

합해 필요한 요구와 불필요한 요구를 판단하는 일이었다.

사교와 교섭을 제외한, 영주의 업무 거의 전부라고 할 수 있다.

유지관리 업무는 평범하고 눈에 띄지 않지만, 영지 운영에 있어 매우 중요한 부분이다.

골드레이가 다소는 돕는 것 같았지만, 그도 자신의 일이 있기 때문에, 그리 자주 별채에 드나들 수 있는 것은 아니었다.

언니의 수면시간이 줄어들기 시작한 것도 그 무렵부터였다.

웰미가 그걸 어떻게 아느냐 하면, 가계부 적는 연습이라는 명목으로 그 업무의 일부를 맡아 했었기 때문에.

지출과 수입의 일부만을 정리하는 행위는 이중의 수고 아닌가? 라는 게 웰미의 감상이었다.

정리해놓으면 물론 일하기는 편하지만, 그럴 바에는 처음부터 전부 정리하게 시키고, 나중에 체크만 하면 될 일이다.

그런 의문을 가지다가 웰미는 깨달았다.

―언니에게 맡길 수 없는 이유가, 뭔가 있다……?

그렇게 생각하고 의도적으로, 자신에게 맡겨진 영수증을 한 장, 언니에게 건네주기 위해 분류해놓은 것들 사이에 끼워 넣었다.

문제가 있으면, 언니는 골드레이에게 말할 거라고 생각했지만.

만약의 경우에 대비해 언니의 동향을 살폈더니… 부르지도 않았는데, 별채에서 나오는 언니의 모습이 보였다.

웰미는 등골이 서늘해졌다.

부랴부랴 서재에 있는 아버지에게 달려가 대충 아무 이야기나 하고 있자, 언니가 나타나 "같은 곳에서 온 세수(稅收) 서류가 두 장이고, 서로 금액이 다르다"라고 말했다.

─역시.

아버지는 들어온 수입 금액을 속이고 있다.

그렇게 확신한 웰미는 그가 입을 열기 전에, 언니를 향해 경멸하는 표정을 지어 보였다.

"언니, 영주인 아버지가 하시는 일에 감히 참견해도 된다고 생각하는 거야?"

─그 이상 아무 말도 하지 마.

그렇게 마음속으로 부탁했다.

만에 하나라도 아버지의 노여움을 사 귀족학교 입학이 취소되면, 그때야말로 언니는 아무 곳에도 가지 못하고 평생 이 집에 매여 있게 된다.

언니가 설마 아버지를 만나러 올 줄은 상상도 못 했기 때문에, 이 상황은 오산이었다.

아니나 다를까, 웰미의 말에 다소 누그러지기는 했지만, 초조해진 아버지는 격노하며 다시는 본채에 들어오지 말라고 언니에게 불호령을 내렸다.

그런 일이 있은 뒤로, 아버지는 조금 신중해진 것 같았지만, 웰미를 의심하지는 않는 듯해서 지난 장부를 꺼내 사본을 만드는 것은 간단했다.

지금 회계와 탄원, 의견서 처리를 도맡고 있는 언니에게는 그럴 여유가 없어서, 가짜가 아닌 쪽의 장부는 웰미에게 돌아오고 있다.

따라서 만약의 경우에 대비해, 증거를 수집하는 일은 웰미의 몫이었다.

"정식 장부의 필적은⋯ 웰미 에르네스트, 네 것이다."

마도경은 희미한 미소를 지으며, 사냥감을 몰아붙이듯이 말을 이었다.

"⋯너도 알고 있지 않았나? 자신의 아버지가 탈세와 허위신고를 하고 있다는 사실을."

"모, 몰라요! 그리고 아버지가 그런 무서운 짓을 하실 리 없어요!"

바보인 척하기는 주특기였다.

게다가 웰미는 자신이 상대하고 있는 마도경이 어떻게 나올지도 대충은 알고 있었다.

언니가 처했던 상황도, 장부 관련 자료도, 전부 자신이 몰래 손써서 그의 귀와 손에 들어가게 만든 거니까.

"그럴 리 없다⋯라. 하지만 이오라가 멋대로 샀다고 하는 마도구는 정체를 알 수 없는 것들이고, 전부 '저주'에 걸렸던 흔적이 있어⋯. 그리고 구입한 자가 뚱뚱하고 콧수염을 기른, 귀족으로 보이는 중년남성이었다는 사실도 파악되었다."

거기서 에이데스는 일단 말을 멈췄다.

"누군가에 의해 해주되었지만, 그건 과연 누구를 노린 저주였을까? 그러고 보니 에르네스트 백작가의 후계자가 최근에 바뀌었다지?"

이번에야말로 회장 안의 분위기가 일변했다.

어떤 결말을 맞이할지 흥미진진해 하던 분위기가, 에르네스트 백작가에서 언니에게 한 짓이 도를 넘었음을 깨닫고 비난하는 분위기로.

어리석은 아버지도 그걸 깨달았는지, 창백해진 얼굴로 반박했다.

"무, 무슨 말을……! 나, 난 아니야! 쳐다보지 마!"

뚱뚱하고 콧수염을 기른, 귀족으로 보이는 중년남성.

완벽하게 아버지의 특징과 일치한다.

─그런 말투와 태도는 자백이나 마찬가지예요.

웰미는 웃음을 꾹 참으며, 당황한 표정을 가장하고 반론했다.

"어, 언니가 아버지를 노린 것 아닌가요?!"

"말도 안 되는 소리! 그 마도구들은 전부 이오라의 방에 있었다고 시녀와 집사가 증언했어. 그것들은 놓여 있는 장소에서 저주의 힘을 발휘하는 마도구다."

웰미의 발언과는 반대로, 아버지가 언니를 죽이려 했던 거니까, 당연하다.

언니의 방에 놔두라는 명령과 함께 집사가 받은 그 마도구들의 해주를 행한 사람은 다름 아닌 웰미 자신.

모든 마술을 다룰 수 있는 가능성을 가진 보라색과, 공격의 금색, 치유의 은색보다는 못 하지만, 보조마술이라 불리는 이것에 관해 최고의 마술 적성을 가진 것이 주홍색 눈동자를 가진 웰미니까.

학교에서는 실력을 숨기고 서툰 척했지만 해주 마술은, 언니를 죽이기 위한 마도구를 처음 봤을 때부터 이를 악물고 연습했다.

지금은 현재 해명되어 있는 거의 모든 저주를 해주할 수 있을 정도가 되었다.

마도구를 해주해 언니 방에 다시 돌려놓느라 기진맥진한 탓에, 귀족학교에 입학한 뒤로 한동안 컨디션이 안 좋아지기도 했지만, 지금은 그렇게 기력을 소진하는 일은 없다.

그리고 당연히, 저주의 마도구는 불법.

마도경은 모든 사실을 폭로하는 데 주저함이 없었다.

언니를 맡기기 위해 그런 사람을 선택했으니까, 당연하지만.

"어리석은 짓을 저질렀군, 에르네스트 백작."

사교를 싫어하고 여자를 혐오하는 마도경. 마도경이야말로 그런 저주를 가장 혐오해서, 단속하기 위해 마도구의 구조를 해명해 마도성의 수장 자리에 올라 개혁을 단행한 인물이니까.

잔인하고 냉혹하다는 세간의 평가는, 그가 한 일로 인해 방해되는 자를 저주로 죽일 수 있는 마술을 거의 잃고 만 귀족들로부터 나온 것.

웰미는 알고 있었다.

단 한 번, 사교계에서 잠깐 스쳤을 뿐인 그가, 세간에서 말하는 그런 인물이 아니라는 사실을.

※ ※ ※

야회에 참석할 수 있는 것은 성인인 16살이 된 이후.

14살부터 18살까지 다니는 귀족학교의 중간 나이부터 참석할 수 있다.

입학한 뒤로 웰미는, 학교에서는 아바인의 눈을 이오라 언니에게서 자신에게로 돌리게 만들어 그와 함께 있는 일에 전력을 쏟고 있었다.

처음 대면한 언니의 외모에 실망한 그를 유혹하는 것쯤은 쉬운 일이었다.

―이 사람은 안 돼.

웰미는 이 무렵에 이미, 자신이 남들과는 조금 다른 능력이 있다는 사실을 자각하고 있었다.

상대의 본질을 직관적으로 알 수 있다.

이유까지는 모르지만, 고열로 앓아누운 그날 밤, 양친의 속마음을 꿰뚫어볼 수 있었던 것도 그 힘 덕분이었다.

언니를 보고 그 후 고개 숙여 인사하고 자기소개를 한 웰미를 본 아바인은 노골적으로 반응이 달랐다.

눈동자에 욕망의 빛이 엿보였다.

—이 사람은 여자의 얼굴에만 관심이 있구나.

그것은 어릴 적 딱 한 번 봤을 뿐인 언니에게 약혼을 청한 일로도 이미 짐작하고 있었지만.

아바인은 차남이고, 가문도 백작가.

달리 좋은 혼담이 얼마든지 있을 텐데, 가세가 기울어 별 이득도 없는 에르네스트 백작가에 굳이 혼담을 제의한 그는 정말로 언니의 외적인 아름다움만이 목적이었으리라.

얼굴은 그럭저럭 괜찮은 편이고, 머리도 나쁘지는 않아 보이는데.

어떤 의미에서는 솔직한, 하지만 그뿐인 남자였다.

여자를 자신의 욕망을 채우기 위한 도구로밖에 생각하지 않는 걸지도 모른다.

언니를 맡기기에 적당한 인재는 아니었다.

동시에 웰미는 어떤 사람과 어떤 식으로 교류할지 자신의 처신에 대해 생각했다.

―친구는 필요 없어.

　귀족의 자녀에게, 마음이 맞는 친구로서의 입장 따위는 일절 바라지 않는다.
　다만 이용하기로 결심했다.
　언니를 아바인으로부터 떼어놓기 위해, 아첨꾼 기질이 있는 영식과, 남의 험담과 소문 이야기에만 관심 있는 영애를 주로 자신의 주위에 두었다.
　언니를 싫어하는 척하면서 아바인에게 아양을 떨어 보이면 금세 악평을…, 웰미와 언니 둘 모두의 악평을 퍼뜨려줄 그들의 존재는 무척 고마웠다.
　약혼자를 가로챈 여동생과, 약혼자를 빼앗긴 언니.
　동갑내기에 외모는 정반대인 배다른 자매.
　스캔들을 좋아하는 자들에게는 절호의 먹잇감이다.
　그래도 언니에게 약혼자가 있다는 사실은, 어중이떠중이들을 떼어놓는 데 도움이 된다.
　그리고 아바인 본인은, 웰미가 쉽게 언니에게서 떼어놓을 수 있다고 하는…… 매우 편리한 구도를 힘들이지 않고 만들어낼 수 있었다.
　언니가 집뿐 아니라 학교에서도 기를 못 펴는 생활을 해야 되는 건 몹시 마음 아팠지만.
　제대로 된…, 귀족으로서가 아니라 인간으로서 제대로 된 감성을 가진 사람이라면, 언니를 조금만 접해 보면 그 진가를 알아볼 것이다.
　그럴 수 있는 상대를, 그리고 뜬소문에 신경 쓰지 않는 유능한 사람을 신중하게 선택했다.

한 명, '이 사람이라면' 하고 염두에 둔 사람이, 자작 영애인 칼라.

얌전하게 행동하지만, 내면은 상당히 강단 있고, 야심가지만 교류할 상대는 신중하게, 적당한 거리감을 유지하면서 선택하려고 하는 모습에 호감을 느꼈다.

처음 알게 되었을 때는, 이미 소문에만 관심 있는 추종자들이 웰미 주위에 있었다.

나름대로 힘 있는 가문의 자녀들이 모여 있었기 때문에, 칼라는 이쪽 그룹에 접근해온 것이다.

신상을 조사해 보니, 본가는 장사로 크게 성공해, 평민 거상이나 변경백(주3)과도 긴밀한 관계를 맺고 있는 세력가 집안의 딸이었다.

자작가라 해도 결코 무시할 수 없는…, 그야말로 힘 있는 상대에게도 아부할 필요가 없고, 당장 백작으로 승작되어도 이상하지 않은 든든한 배경이 그녀 뒤에는 있다.

이 아이다, 라고 생각했다.

칼라는 확실하게 사람을 보는 눈이 있고, 기본적으로는 붙임성 있게 행동한다.

그러면서도 모두가 있는 앞에서 웰미에게 분명하게 자신의 의견을 말했다.

"아바인 님은 당신 언니의 약혼자잖아요. …그런 식으로 행동하면 아무에게도 득이 안 된다고 생각해요."

라고.

득이 안 된다.

옆에서 보기엔 완전히 맞는 말이다.

웰미의 목적을 모른다면, 일부러 악평을 퍼뜨리고 있는 탓에, 한쪽은

주3) 변경백: 변경 지역의 행정, 군사, 사법상의 권력을 가진 백작.

무능한 추종자들에게 둘러싸여 있고, 한쪽은 고립된 것처럼 보이니까.

그러니까 이 아이를… 언니 곁에 둬야 한다고 생각했다.

"그렇게 예의 바르고, 매너 있고, 청렴결백하게 살고 싶으면, 우리 언니하고나 같이 다니면 되겠네요."
냉소를 지으며 전한 부탁을, 칼라는 어떻게 받아들였을까.
물끄러미 웰미를 응시하다가 키득거리며 두 사람을 지켜보는 추종자들의 모습을 돌아보고, 잠자코 그 자리를 떠났다.
그리고 다시는 웰미에게 관여하지 않았다.
장래를 보아도 가치가 없다고 판단한 것이리라.
그리고 며칠 후, 두 사람 사이에 어떤 대화가 오갔는지는 몰라도, 언니 옆에서 그녀의 모습을 볼 수 있게 되었다.

—이제 됐어.

외부에서 꼬이는 해로운 벌레는, 그녀가 쫓아줄 것이다.
그리고 칼라가 우호를 맺을 가치가 있다고 판단한 사람들은 분명 언니에게도 좋은 친구가 되어줄 것이다.
어차피 웰미는 몇 년 안에 사교계에서 사라진다.

그때는 이미 파멸의 미래를 내다보며 움직이고 있었다.

다만 한 사람, 오산이었던 것이, 남작 영식으로 모습을 드러낸 레오였다.

첫눈에 안 된다고 생각했다.

내면은 나쁘지 않다.

혹시 언니와 좋은 관계가 되더라도 언니를 불행하게 만드는 일은 없겠지만…, 모든 것을 꿰뚫어 보는 듯한 그 고요한 눈빛이 웰미에게는 위험하게 느껴졌다.

레오는 언제부터인가 언니와 칼라 옆에 있었다.

언니의 본질을 알아본 것까지는 좋다.

하지만 칙칙한 베일을 걷어내고 몸단장을 시작하거나, 언니가 자신의 미모를 겉으로 드러내려고 한다면,

웰미의 계획은 파탄에 이르고 만다.

최소한 귀족학교를 졸업하고, 성인으로서 독립할 때까지는.

언니의 진짜 모습은 숨겨야만 한다.

아직 데뷔탕트(주4)도 치르지 못한, 후견인이 필요한 지금 상황에, 아바인이나 다른 남자들에게 들키고 만다면.

언니가 다시 아름다워져서, 누군가의 눈에 들고 만다면.

레오는 언니를 지킬 수 없다.

특히 아바인은 약혼자라는 정당한 입장을 내세워 레오를 배제할 권리가 있다. 지금은 언니를 괴롭히기 위해서만 소유권을 사용하고 있지만, 그것이 독점욕을 위해 사용된다면, 학생인 동안 결혼 준비를 진행할 수도 있다.

지금은 웰미가, 부모와 아바인에게 호의를 표해 억눌러놓고 있다고 해도.

자신의 힘으로는, 진짜 아름다움을 되찾은 언니의 광채에는 맞설 수

주4) 데뷔탕트: 16세에서 18세의 아가씨가 처음으로 사교계에 데뷔하는 일.

없다는 사실도 누구보다 잘 알고 있었으니까.

언제나 근심걱정이 마음 한구석에 있었지만, 다행히 졸업할 때까지 그들이 행동에 나서지 않아서 안심했다.

그리고 데뷔탕트 날이 다가왔다.

※ ※ ※

─드디어 이날이 왔구나.

웰미는 아바인을 꼬드겨 약혼을 파기하게 만든 뒤에, 언니를 맡길 만한 상대를 물색할 작정이었다.

약혼자가 없는 여성은, 기본적으로 부친이나 남자 형제, 친척의 에스코트를 받으며 야회에 참석한다.

아버지인 에르네스트 백작이 웰미를 에스코트하기 때문에, 회장에 입장할 때만큼은 약혼자인 아바인에게 언니를 맡기지 않으면 안 되는 건 몹시 마음에 안 들었지만.

기본적으로 그는 금방 언니를 버려둔 채 웰미 옆으로 오고, 언니는 웰미를 돋보이게 하는 존재로 부모에게 인식되어 있었기 때문에 아바인과 언니가 오래 붙어 있는 일은 없었다.

당연히 웰미를 제쳐두고 언니 혼자 야회에 참석하는 일도 없다.

그러나.

─없네…….

데뷔탕트는 왕가 주최의 행사이기 때문에 어지간한 사정이 없는 한, 모든 귀족이 부부 동반으로 참석하게 마련이고, 성인이지만 약혼자가 없는 영식 영애를 동반하는 것도 관례였다.

그러나 남아 있는 영식 중에 '이 사람이다' 싶은 괜찮은 사람이 없었다.

데뷔하는 영애의 형제들 모습도 곳곳에 보였지만, 유망한 사람에게는 이미 약혼녀가 있기 때문이다.

권력과 인기가 있고, 동시에 약혼녀가 없는 영식.

그런 사람이 현 상태에서 굳이 언니를 선택할 이유가 없지만…, 언니의 진짜 모습을 알려주면 가능성은 있다고 생각한다.

진짜 언니는 진보라색 눈동자를 가진 미모의 재원이니까.

찾기 힘들 줄은 알았지만 그래도 너무 없어서 조금 실망하며 발걸음을 내딛다가… 한눈을 파는 바람에 회장 안으로 들어온 사람과 부딪치고 말았다.

"앗!"

"실례, 영애. 다친 곳은 없습니까?"

낮고 조용한 목소리.

흥미가 일어 눈을 든 웰미는… 그대로 빨려 들어가는 듯한 기분이었다.

푸른빛이 도는, 지성과 자신감이 넘치는 보라색 눈동자.

무표정하지만 순수하게 욕심 없이, 그저 이쪽을 걱정하고 있음을 눈빛으로 알 수 있었다.

넘어질 뻔한 웰미의 허리를 받쳐주는 손길도 불순한 의도 없이, 그러

면서도 실례로 느껴지지 않을 만큼의 적당한 힘.

얼굴 자체도 믿을 수 없을 만큼 준수하고 부드럽게 물결치는 은색 머리카락이 한층 신비한 빛을 더해주고 있음을 깨달은 것은 그 후의 일이었다.

순수한 놀라움은 한순간뿐.

곧 빈틈없이 내숭을 가장하고, 황홀한 척하며, 교태 섞인 목소리로 말했다.

뻔뻔하고 남자를 밝히는 웰미 에르네스트로서.

"네, 괜찮아요. 저야말로 죄송합니다."

그러자 남자의 눈에서 걱정하는 빛이 사라지고, 대신 경멸감 같은 빛이 떠오른 것 같았다.

그리고 무섭도록 아름다운 얼굴이, 마치 악마처럼 싸늘해졌다.

"그럼 이만."

곧바로 손을 떼고, 인사나 대화를 나눌 새도 없어 사라지는 뒷모습을 웰미는 물끄러미 응시했다.

순식간에 상대의 본질을 꿰뚫어 보는 자신의 눈이 말하고 있었다.

―저 남자라면, 하고.

웰미의 시선이 마음에 안 들었는지 심통이 난 아바인을 달래준 후, 잠시 그와 떨어져 있을 때, 어디에 있어도 눈에 띄는 그 남자에 대해 어머니에게 넌지시 물어보자.

"아아, 마도경? 오르밀라주 후작가의 당주인데 마도사로서 큰 공적과 실력을 쌓은 사람에게 주는 당대 명예작위인 '마도경' 작위를 받아서 그렇게 불리고 있단다. 사교와 여성을 싫어하고 냉혹비정해서 얼음장 같다는 소문이야. 얼굴도 잘생겼고, 권력과 돈도 있는데 너무 아깝지…….”

마술과 관련해 큰 공적과 실력을 쌓은 자에게 주어지는 작위.

게다가 그는 그 젊은 나이에, 마술 연구와 마술범죄를 조사하는 마도성의 수장이라고 한다.

여성을 싫어하는 마도경…. 그것은 분명 가면이다.

그때 그가 순간적으로 보여준 표정은, 상대를 내치는 데 가책을 느끼지 않는 사람의 그것은 아니었다.

어떤 이유로 인해, 여성을 피하고 있다.

아마 얼굴만 밝히는 여자들에게 넌더리가 난 것이리라.

떠도는 소문을 일부러 방치하는 것처럼, 웰미에게는 느껴졌다.

에이데스 오르밀라주 후작.

냉혹비정한 마도경.

―언니를 맡기기에 적당한 사람을 찾았다.

웰미는 그렇게 생각했다.

3. 무너져가는 책략

    무사히 언니를 맡길 만한 상대… 마도경을 발견한 후에는, 지금까지보다 더 신중하게, 그리고 신속하게 준비를 진행했다.

    아버지와 어머니가 납득하는 형태로, 언니를 그에게 맡긴다.

    그러기 위해 필요한 것은 일단 그의 관심을 끄는 일이었다.

    에르네스트 백작가의 비리 증거와 숨은 속사정.

    그 두 가지와, 백작가의 정통 후계자인 언니의 어려운 처지와.

    증인으로서, 이오라 언니의 신병을 안전하게 넘기기 위해 그에게 바라는 일.

    부탁과 실리를 함께 담은 편지와, 증거를 보관하고 있는 장소를 적은 종이를 동봉해서.

    가난뱅이 남작가의 레오에게, 그것을 맡겼다.

    그가 어떤 방법을 썼는지는 몰라도 언니와 몰래 만남을 이어가고 있다는 사실을 웰미는 알고 있었다.

    아주 사소한 위화감이다.

    귀족학교에서 언니와 레오가 스쳐 지나가는 모습을 우연히 봤을 때, 두 사람의 눈빛이 마주치고, 동시에 부드러운 기류가 흐르는 느낌이었다.

    만나는 모습은 못 봤는데 친밀함이 커진 듯한 느낌이 든 것이다.

—제법이네.

웰미의 눈길이 닿지 않는 곳에서 만남을 이어온 것이리라.

레오가 나름대로 언니를 지키고 있었다면, 조금쯤은 그를 달리 봐줄수도 있다.

언니에게 접근하는 걸 바라지는 않지만, 신용할 수는 있는 상대… 그것이 레오였다.

하지만 그것과 이건 이야기가 다르다.

웰미는 레오를 찾아내 옆으로 다가가서, 마도경에게 보내는 봉투를 내밀었다.

탐탁지 않은 얼굴로 받아들고, 거기에 적힌 이름을 훑어본… 그의 눈이 휘둥그레졌다.

"…왜 이걸 나에게?"

그 질문에.

"겁쟁이라도 그 정도 심부름은 할 수 있잖아?"

그건, 언니가 맡긴 거야, 라고.

웰미는 생긋 미소 지으며, 당연한 것처럼 거짓말을 해주었다.

물론 그건 자신이 준비한 것이지만, 웰미는 리포트 바꿔치기로 의심을 사지 않도록, 언니의 필적에 맞춰 자신의 필적을 미리 바꾸어놓았다.

언뜻 봐서는 눈치채지 못할 것이다.

—언니를 돕고 싶다면 시키는 대로 해, 라고.

—내가 언니를 맡길 상대는 네가 아니야, 라고.

언외(言外)에, 눈빛에 경고를 담아 고한다.

그 눈빛을 본 레오는 무슨 생각을 했는지 쓴웃음을 지으며 편지를 받아들었다.

"나도 어지간히 미운털이 박힌 모양이군."

"앞으로 나설 용기도 없는 남작 영식 따위가, 백작 영애에게 알랑거리는 게 마음에 안 들어."

"흐음. …뭘 모르면 속이 편해서 참 좋겠다."

"아는 게 있으면 말을 해 보든가?"

웰미가 새침하게 내려다보자, 의자에 앉아 있던 레오는 가볍게 어깨를 으쓱했다.

이 대화에는 몇 가지 도박이 포함되어 있었다.

똑같은 편지는, 두 통을 준비해두었다.

한 통은 익명으로, 에이데스 마도경 본인에게 이미 보내놓았다.

하지만 누가 보냈는지도 모르는 고발장을 받아서, 읽고, 조사하는 수고를 그가 과연 해줄지 알 수 없었기 때문에.

또 하나, 레오가 언니에게 호의를 품고 있는 것과, 돕고 싶어하는 것은 명백하다.

그 한 점'만'은 협력 가능하다고 생각했기 때문에.

'왜 마도경에게 보내는 편지를 자신에게 맡기는가.'

그런 질문을 받을 가능성을 염두에 두고 있었지만, 그의 대답은 다른 것이었다.

"분부대로 하겠습니다, 에르네스트 백작 영애님."

얄밉기 짝이 없는 남자다.

하지만 그는 메신저 역할을 제대로 수행한 것 같았다.

얼마 후, 증거를 보관하고 있던 사람으로부터, 마도경에게 증거를 건네줬다는 이야기를 들을 수 있었다.

그 후, 바라던 대로 마도경으로부터 언니에게 혼담이 들어왔을 때는 진심으로 안도했다.

언니와 조금만 이야기해 보면, 예의범절도 완벽하고, 총명하고, 누더기의 탈을 벗으면 누구보다 아름다운 소녀임을 금세 알 수 있다.

설사 마음이 끌리지 않더라도 함부로 대하는 일은 없을 것이다.

피로연까지 열릴 만큼 약혼이 완벽하게 성사된 것은, 개인적으로 최상의 결말이다.

그리고 또 한 가지, 웰미는 준비를 해두고 있었다.

귀족학교에도 익명으로 '웰미가 제출한 리포트는 전부 언니인 이오라가 쓴 것'이라고 폭로하는 투서를 보내놓은 것이다.

불상사라 학교 측에서 쉬쉬할 가능성도 있지만, 마도성의 실험 부문과, 약학을 전문으로 하는 시설에서 웰미에게 함께 일해 보지 않겠느냐고 제안해올 만큼 그것은 훌륭한 리포트였기 때문에.

진실인지 아닌지 정도는 조사에 들어갈 거라고 내다본 것이다.

그 익명의 폭로에 관해서도, 마도경에게 보낸 편지에 적어두었다.

—그리하여 지금이 있다.

"에르네스트 백작, 세금 관련 허위신고는 국가에 대한 배임이오. 동시에 당신은 살인 미수 혐의도 받고 있소."

자신의 죄상을 폭로당한 아버지의 얼굴은 완전히 하얗게 질려 있었다.

"나, 나는 모르는 일이야! 이오라가! 전부 이오라가 멋대로 한 짓이야!"

"호오, 자신을 죽이기 위한 마도구를 스스로 구입했다는 말인가?"

"그, 그건… 나, 나를 죽이려고…!"

"추하군, 에르네스트 백작. 그럼 구입한 사람의 인상착의가 당신과 흡사한 이유는 뭐지?"

옹색하기 짝이 없는 변명에, 마도경의 눈빛이 한층 날카로워졌다.

"마도구 이외의 다른 건에 관해서도 이오라 양이 멋대로 한 짓이라고 주장한다면, 당신은 회계감사 감독 불이행 및 영주로서의 직무태만이 될 거요. 그리고 과거 장부를 보면, 겨우 10살 남짓한 어린아이에게 그걸 시킨 게 되니까, 아동학대죄에도 해당되겠군. 어느 쪽이든, 당신은 이미 끝났소."

에이데스는 날카롭게 추궁한 뒤, 그 자리에 있는 고위 귀족에게 말했다.

"킬레인 법무경, 구속 허가를."

사법 수장인 그는, 어쩌면 사전에 이런 내용을 미리 귀띔받은 것이리라. 영리한 풍모의 중년 남성이 표정 변화 없이 고개를 살짝 끄덕이고, 신호를 보냈다.

그러자 입구 옆에 대기하고 있던 병사 둘이 곧바로 다가와 아버지의 신병을 구속했다.

"무, 무슨…."

어머니가 그 광경을 보고 비명처럼 외쳤다.

"저, 저는 몰랐어요! 그리고 집안 살림은 잘 돌보고 있었어요!"

자신은 관계없다고 부르짖는 어머니에게, 마도경은 고개를 가로젓는다.

"당신에게는 다른 죄상이 있소, 에르네스트 부인."

"?!"

"결혼사기요."

―그건, 모르는 일이다.

웰미는 애당초 어머니에 대해서는 특별히 처벌할 생각은 없었다.

언니에게 가혹하게 대한 것은 학대죄가 성립될 수도 있지만, 아버지가 체포되면 어차피 에르네스트 백작가는 망하게 될 공산이 크다.

웰미와 어머니에게 아무리 가벼운 죄상이 적용된다 해도, 평민으로 돌아가는 것은 확정.

그렇게 되면, 후작가의 당주이자 동시에 마도작(爵) 작위를 하사받은 마도경의 약혼녀는 건드릴 수 없으니까.

예정에 없던 어머니의 죄상에, 웰미는 계획의 작은 균열을 느꼈다.

"에르네스트 부인, 당신에게 배신당한 상대를 이 자리에 모셨소."

그 말과 함께, 벽 쪽에서 앞으로 걸어 나온 인물을 보고… 웰미는 그날 처음으로 연기가 아니라 진심으로 놀랐다.

"클라테스 선생님…."

"안녕, 웰미."

연한 색조의 플래티나 블론드 머리에 주홍색 눈동자.

기가 센 인상인 웰미와 달리 온화한 느낌의 얼굴이지만 객관적으로 닮은 용모인 그의 등장에, 어머니는 마치 유령이라도 본 듯한 표정이 되어 두 손으로 입을 틀어막았다.

그런 어머니를 슬픈 미소를 지으며 바라보고 있는 그는.

—웰미에게, 해주 마술을 가르쳐준 선생님이었다.

"그는 클라테스 리로우드. 일급 해주사 인정 자격을 가진 인물이오. …아마 얼굴을 아는 사람도 많겠지만, 내 오랜 친구요."

클라테스 선생님을 모르는 사람들을 향해, 마도경이 담담하게 설명했다.

"그는 원래 리로우드 공작가 사람이었소. 한때는 집을 나와 연을 끊고 살았지만, 시정에서의 활약으로 국가에서 일급 해주사 자격을 부여받고 가족과 화해했소."

그리고 다시 어머니에게로 시선을 향했다.

"당신도 잘 알고 있겠지."

"그, 그런 사람, 저는 몰라요!"

어머니의 절규를 무시하고, 마도경은 왠지 웰미에게 시선을 보냈다.

그러나 클라테스 선생님의 등장으로 받은 충격은 이미 식어 있었다.

—하지만, 왜 여기에 선생님이?

클라테스 선생님이 마도경과 아는 사이라는 건 알고 있다.

웰미가 '익명으로 전해달라'는 부탁과 함께 자료를 맡긴, 신뢰할 수 있는 인물이 바로 그였으니까.

하지만 어머니와의 관계는 모른다.

하지만 그보다도.

마도경이 이쪽을 쳐다보는 이유는, 익명의 고발자가 웰미라는 사실을 알았기 때문일까?

중요한 것은 오직 그것뿐이었다.

왜 쳐다보는지조차 모르는 척하지만, 등에는 식은땀이 흐르기 시작
했다.

　—설마, 전부 내가 꾸민 일이라고, 클라테스 선생님이 폭로한 건가?

　그건 아니라고 생각하고 싶었다.
　그는 입이 무겁고 성실한 사람이라고, 웰미의 눈이 말하고 있었으니
까.
　그토록 단단히 입단속을 했는데 그가 발설할 리 없다.
　웰미가 클라테스 선생님을 알게 된 것은 그가 운영하는 치유원을 방
문했을 때였다.
　당시 선생님은 이미 실력 있는 해주사로 명성을 날리고 있었기 때문
에.

　아버지가 처음으로 언니를 '저주'하려고 산 마도구를 해주하기 위해
찾아갔었다.

　마도구에 대해 알려준 사람은 집사인 골드레이.
　자연스럽게 언니의 별채에서 가지고 나와, 웰미에게 보고해주었다.
　그래서 그에게 건네받았다.
　마도구를 해체해 무효화하는 것뿐이라면 아마 언니도 할 수 있겠지
만, 그러면 아버지에게 언니가 눈치챘다는 사실을 들키고 만다.
　하지만 언니와 달리 평범한 능력밖에 없는, 귀족학교 신입생인 웰미
에게는 당연히 그것을 처리할 방법이 없었다.
　누군가에게 해주 방법을 배우거나, 해주를 부탁해야 한다고 생각했

다.

그래서 웰미가 해주를 부탁한 사람이 바로, 뛰어난 실력으로 명성 높은 클라테스 선생님이었다.

처음 봤을 때는 자신과 너무나 닮은 그 얼굴에 놀랐다.

"주홍색 눈동자는, 해주 능력이 강한 집안에 태어나는 눈동자 색이야."

클라테스 선생님은 그렇게 말했다.

웰미는 자신의 눈동자에 대해, 어머니에게 '조상 중에 귀족이 있어서 그 집안에 태어나는 색'이라고 들었기 때문에 알고 있었지만.

동시에, 어머니가 양호원 출신이라는 말도 들었기 때문에 의심하고 있었다.

…자신이 귀족의 핏줄임을 의심한 게 아니라 어쩌면 자신이, 아버지가 아닌 다른 귀족 남자와 어머니의 불륜으로 태어난 아이가 아닐까, 하고.

왜냐면 다소는 닮은 구석이 있는 언니와 달리, 웰미는 아버지를 전혀 닮지 않았기 때문에.

동시에, 처음 본 클라테스 선생님은 남이라고 생각하기 힘들 만큼 특징이 비슷했다.

하지만 웰미는 의문을 전부 삼키고, 클라테스 선생님에게 부탁했다.
"저에게도 해주 재능이 있다면 제자로 받아주세요"라고.
웰미 자신은 자유롭게 외출이 가능하다.

하지만 언니 방에 놓인 마도구는, 여러 번 반출하면 들킬 가능성이 높았다.

해주사와 만날 약속을 잡고, 마도구를 건네주고, 다시 돌려받아 언니 방에 가져다 놓기까지는 아무리 짧게 잡아도 2주일은 걸린다.

모든 마도구가, 누구나 즉석에서 해주할 수 있는 것만 있는 것은 아니다.

더구나 언니를 죽이려고 하는 아버지가 마도구를 신경 쓰지 않을 리 없다.

하지만 골드레이와 올레이아가 자연스럽게 꺼내 오고, 웰미가 해주해서 돌려놓기만 할 뿐이라면 그렇게까지 위험하지는 않다.

그들은 저택 안에서 별채와 본채를 자유롭게 드나들 수 있는, 몇 안 되는 언니의 측근이었다.

그 시점에 클라테스 선생님은 살인미수로 아버지를 고발할 것을 권했지만, 그럴 수 없었다.

성인이 되어 귀족학교를 졸업한 다음이 아니면, 언니의 미래가 닫혀 버리기 때문에.

그렇게 호소하는 웰미를 보고 클라테스 선생님은 말없이 생각에 잠기더니 그녀를 제자로 받아주었다.

그리고 일주일에 한 번 웰미는 몰래 클라테스 선생님을 만나 죽기 살기로 해주를 배웠다.

─확실히 처음 만났을 때, 선생님이 어머니의 이름을 물어보기는 했지만.

너는 이자벨라의 딸이냐, 라고.

그의 질문에 고개를 끄덕였다.

—설마, 정말로.

웰미의 그런 의문에 대답하듯이, 마도경이 입을 열었다.
"웰미와 클라테스의 마력파형 해석은 이미 끝났고, 부녀지간임이 증명되었소. 이게 그 증거요."
그는 웰미가 작성한 이중장부의 사본 사이에서 종이 한 장을 꺼냈다.
"거짓말이에요!"
"거짓말이 아니오. 과거에 평민 여성을 사랑해 결혼을 약속하고, 공작가를 나온 클라테스를 속이고 자취를 감춘 여인은….."
마도경은 거기서 말을 멈추고, 어머니를 노려보았다.

"…당신이오. 에르네스트 백작 부인, 이자벨라."

"말도 안 돼요!"
어머니가 사람들의 시선을 뿌리치듯이 두 손으로 머리를 감싸고 고개를 마구 흔들었다.
하지만 고집스럽게 클라테스 선생님 쪽은 보려 하지 않았다.
"리로우드 공작가는 대대로 치유마술의 명가로, 클라테스는 어릴 때부터 의료에 큰 관심을 보였소. 남자로서는 드물게 적극적으로 위문과 진료를 도우러 다녔지. …공작가를 나오기 전, 상당한 빈도로 당신이 살고 있던 양호원에도 다닌 기록에 남아 있소."
마도경의 규탄에.
도망치지 못하게 붙들려 있던 아버지는, 경악한 얼굴로 어머니에게 시선을 향했다.

"너……!"

"공작가의 남자와 백작가의 남자. 에르네스트 백작은 길거리에서 만난 건가? 미모를 지닌 당신이니 아마 양다리를 걸쳤겠지. 그리고 공작가를 버리고 평민이 되어 결혼하려고 한 클라테스보다, 백작가 첩의 입장을 선택했소."

마도경은 희미한 미소를 지으며 어머니를 가리켰다.

"형인 선대 에르네스트 백작의 아내… 즉, 이오라의 친모와 당시 어쩔 수 없이 혼인한 현 에르네스트 백작의 첩, 이라는 입장을 말이지."

그 내용은 웰미도 알고 있는 사실이었다.

"그리고 에르네스트 백작은 자신의 핏줄이라 믿은 웰미를 후계자로 삼기 위해 이오라를 학대했소. 선대 백작의 딸인 이오라를."

잠시 다른 길로 빠졌지만, 이야기가 다시 돌아온 것에 웰미는 내심 안도했다.

그렇다, 언니는 아버지의 친딸이 아니다.

기록상으로는 친딸로 되어 있지만, 실제로는 아버지의 형인 선대 백작의 딸이었다.

그 사실을 웰미가 아는 것은, 전처의 일기를 발견했기 때문에.

붉은 표지에 제목도 없는 그 책은, 어머니가 사용하기를 거부해 먼지구덩이가 되어버린 전처의 방에 있었다. 가끔 골드레이가 발걸음을 멈추고 물끄러미 바라보던 그 방에, 웰미는 호기심이 생겼다.

왜, 부모는 언니에게 그렇게까지 가혹하게 구는가.

어머니뿐 아니라, 친부인 아버지까지.

그 의문을 해소해준 것이 이오라의 어머니가 남긴 일기장에 적혀 있던 내용이었다.

갑작스럽게 남편을 잃은 슬픔.
잉태한 아기가 태어난 후의 삶에 대한 불안.
그리고 형에 비해 능력이 현저히 떨어지는 난봉꾼 시동생의 제안.

—아내가 되어, 자신을 백작으로 인정한다면, 태어난 형의 자식을 후계자로 삼아주겠다, 라는.

이오라의 어머니는 고민 끝에 그 요구를 받아들였다.
그러나 산후 회복이 잘 되지 않아 몸져눕게 되었고, 머지않아 남편의 뒤를 쫓듯이 세상을 떠나고 말았다.
마음고생도 분명 있었으리라.
"즈, 증거 있나?! 이오라가 내 딸이 아니라는 증거가!"
"시기요. 이오라는 웰미보다 먼저 태어났소. 혼인 전에 잉태한 이자벨라와, 선대 백작의 동생인 당신이 작위를 물려받은 시기를 생각하면, 앞뒤가 맞지 않아."
언니와 웰미는 생일이 겨우 한 달 정도밖에 차이나지 않지만, 언니가 먼저 태어난 것은 틀림없는 사실.
만약 사바린이 언니의 친부라면…, 선대 백작이 죽기 전부터 선대의 부인과 밀통한 게 아닌 한, 앞뒤가 맞지 않는다.

애당초 웰미가 언니가 아니면, 시기적으로 이상한 것이다.

그것을, 마도경은 깨달았다.

"당시부터 우수하다고 칭송받은 선대 백작과, 악평뿐이었던 그 우둔한 동생. 선대의 부인이 그런 시동생과 불륜을 저지를 리 없지. 이오라는 선대의 딸이오."

그래서 학대했다.

그래도 이오라의 어머니가 살아 있을 때는, 아직 정통 후계자를 지켜보는 눈이 많았다.

친척들이 연을 끊은 것은, 웰미의 어머니를 후처로 맞이했을 때였으니까.

그래서 훼방꾼이 사라진 후, 웰미만을 귀여워했다.

하지만 그런 웰미도.

"사바린 에르네스트. 백작가의 핏줄은 있어도, 당신의 핏줄은 아무도 없소. 웰미는 클라테스의 딸이오."

—아아.

웰미는 그동안 애써 외면해 왔던 사실에, 어쩐지 체념에 가까운 감정을 느꼈다.

치유원에 해주를 부탁하러 저주물품을 가져갔을 뿐인 자신에게 왜 클라테스 선생님이 그토록 잘해주었는지.

시중에 나도는 거의 모든 마도구를 해주할 수 있을 정도로까지 단련해주었는지.

아마 그는 은밀히 조사했을 것이다.

그리고 비밀을 지켜주었다.

웰미가 행복하게 살고 있다면, 그걸로 충분하다고 생각하고.

클라테스 선생님의 인품은 알고 있었기 때문에.

그런 마음이 아닐까, 하고 생각했었다.

―죄송해요.

그런 딸이 설마 언니를 구하고 파멸하기 위해, 책략을 꾸미고 있을 줄은 몰랐으리라.

"이야기는 이걸로 거의 끝이지만… 마지막으로 하나 남은 게 있소."

그렇게 말하고 에이데스는 웰미에게 눈길을 향했다.

―나도 단죄당하겠지.

웰미는 기쁘고도 복잡한 심경이었다.

클라테스 선생님의 친딸로 판명되었어도, 지금 웰미는 백작가의 적자.

저주의 마도구 건으로 인해 자신이 정통 후계자인 언니를 구하려 했다는 사실은 어쩌면 들켰을지도 모른다고 생각하지만.

그렇다 해도, 표면적인 웰미의 행동은 결코 그렇지 않다.

자칫하면 죽을 수도 있는 환경에 언니를 방치하고, 학대에 가담했다고 여겨질 만한 행동으로 보이기 위해 신경 써왔다.

그 자체는 어려서 철이 없어 그랬다는 식으로 온정에 호소하면 어떻게든 넘어갈 수도 있겠지만.

귀족학교에서 언니의 리포트를 자신의 것이라고 속인 일.

그러기 위해 언니를 협박한 일.

교우관계를 제한한 일.

그리고 무엇보다 귀족학교의 교사진을 속인 일은— 확정된 사실.

탈세로 확보한 백작가의 재산을 드레스와 보석 등에 탕진해버린 일도 웰미의 죄다.

이것들에 관해서는 용서의 여지가 없다.

하지만 에이데스는 웰미의 손이 닿을 만큼 가까이 다가오더니, 갑자기 뒤쪽으로 시선을 던졌다.

이오라 언니와 그 옆에 서 있는 칼라와 레오.

무슨 일인지 의아하게 여길 새도 없이 에이데스는 선언했다.

"이오라 에르네스트, 이 자리에서 나는 너와의 약혼을 파기한다."

그 말에.

웰미의 머릿속은 새하얘졌다.

4. 웰미의 패배

―지금 그가 뭐라고 한 거지?

웰미가 마도경의 말에 망연자실한 사이, 아바인이 목청을 높였다.

"뭐야…, 어떻게 된 거야?! 웰미는… 내, 내가 물려받게 될 에르네스트 백작가는 어떻게 되는 거냐고?!"

그 초조감은 자신의 장래에 관한 것.

웰미를 걱정하는 말도, 지금 이 자리에서 선언된 내용에 대해 묻는 말도 아닌.

'슈나이거 백작가의 차남인 자신은 이제 어떻게 되는가'라는 자기 본위의 초조감이다.

그 말에 마도경이 불쾌한 표정으로 대답했다.

"그런 권리는 남아 있지 않아, 슈나이거 백작 영식…. 지금 폭로한 대로 웰미에게는 에르네스트 백작가의 피가 섞이지 않았으니까. 그 사실이 명백해진 이상, 계승권은 사라진다."

당연히 약혼자인 아바인에게도 그 가능성은 사라졌다.

계승권이 인정되는 것은, 첫째로 직계혈통이다.

귀족의 딸로 자랐다는 사실보다 실제로 그 몸에 그 집안의 피가 흐르는지가 우선시된다.

그러니까 클라테스 선생님과 이자벨라의 딸이라는 게 사실이면, 웰미의 계승권은 인정되지 않는다.

만약의 경우를 이야기하자면, 아바인 자신이 에르네스트 백작가의 방계라면 직계인 이오라 언니와 결혼하면 당대에 한해 작위를 인정받을 수는 있다.

언니가 아바인과의 사이에 자식을 낳으면, 그 자식에게도 계승권은 생긴다.

하지만 아바인이 작위를 계승한 후에 다른 여성과의 사이에 자식을 가져도, 그 자식에게 계승권은 없다.

전부 만약의 이야기지만.

왜냐면 언니가 또다시 이 남자와 약혼하는 일은 있을 수 없으니까.

그런데도.

"이, 이오라! 넌 지금 마도경에게 버림받았지?! 그럼 나하고 다시 약혼해!"

—어째서 이 사람은 이토록 어리석을까……?

학교에서 언니에게 그렇게 못되게 굴어놓고, 어떻게 그런 말이 입에서 나오는지 도무지 이해할 수 없다. 아직 혼란스럽기는 해도, 사고력이 조금 돌아온 머리로 웰미는 그렇게 생각했다.

상대할 가치조차 없는데도, 마도경이 옆에서 말참견한다.

"에르네스트 백작가는 존속되지 않아. 그동안 해온 짓의 대가가 무거우니까. …작위 반납 이외에 국가에 배상금과 빚을 갚을 방법이 있다면 이야기는 별개지만."

그의 말은 아바인의 희망을 산산이 깨부수는 것이었다.

"그럴 수가……."

"네 본가 쪽도 에르네스트와의 유착관계에 더해, 마찬가지로 국가 배임 혐의를 받고 있다. 그쪽은 또 어떻게 마무리될지 볼 만하겠군."

아바인에게 마지막 일침을 놓은 마도경에게, 웰미는 떨리는 손가락을 뻗으며 물었다.

"그… 그렇다고 왜 언니와의 약혼을 파기할 필요가…?"

그렇게 묻고 나서야 악수(惡手)임을 깨달았다.

이러면 웰미가, 마도경이 언니와의 약혼을 파기하지 않기를 바라는 것처럼 들리고 만다.

그걸 아는지 모르는지… 마도경은 냉담한 미소를 지은 채, 웰미에게 얼굴을 가까이 가져왔다.

"당연하지 않나? 학대받은 선대의 딸이라고는 해도, 뒤에 있는 어리석은 자와 혈연관계인 더러운 여자 따윈……."

그 순간.

—철썩!

날카로운 소리가 울리고, 마도경의 말이 멈춘다.

아까까지와는 다른 긴장감이 자리를 지배하고, 웰미는 빨갛게 상기된 얼굴로 분에 못 이겨 부르짖고 있었다.

"언니를 모욕하지 마!!"

그것이 완전한 실수임을 깨달은 것은, 주위가 적막과 놀라움에 휩싸였기 때문이었다.

─아…….

실수하고 말았다.

언니에게 슬쩍 시선을 향하자, 언니는 두 손으로 입을 틀어막은 채 눈이 동그래져 있다.

들켰다.

따귀를 갈긴 손바닥이 얼얼하다.

웰미에게 따귀를 맞은 마도경은 지독하게 냉담한 얼굴을 한 채, 천천히 이쪽으로 시선을 향했다.

"놀랍군. …내 얼굴에 손을 대다니, 그 배짱만은 칭찬해주마."

그 말에 순식간에 핏기가 가셨던 웰미는 정신을 차리고 이를 뿌드득 갈았다.

목격한 귀족들이 경악해 술렁이는 소리가 귀에 들어온다.

"오르밀라주 후작에게…."

"따귀를……?!"

그 웅성거림은 명확한 공포를 수반하고 있었다.

본래 작위가 위인 사람에게는 허락 없이 말을 거는 일조차 무례한 행동으로 여겨진다.

더구나 상대는, 왕족의 혈통인 공작에도 필적한다고 말해지는 필두 후작위에 있는 인물이 아닌가.

그런 그에게 작위도 한 단계 아래인 백작위의, 그것도 영애 따위가 따귀를 때린다는 것은 이 자리에서 당장 목이 날아가도 할 말이 없는 행위다.

하지만 웰미가 두려워한 것은 그 점이 아니었다.

어차피 원래부터 죽을 작정이었으니까.

문제는 어째서 웰미가 이런 짓을 했는지를, 언니가 알아버리고 만 일.

실수했다.

실수했다.

이미, 아무리 머리를 쥐어짜도 수습은 불가능하다.

이렇게 된 이상, 될 대로 되라지.

"내가 당신을 잘못 봤어, 에이데스 오르밀라주! 실력주의 마도경이라고 하더니 순 헛소문이었구나!"

"누구에게 하는 말이지?"

"당신 말고 누구겠어! 언니의 가치도 몰라보는 어리석은 인간 주제에 거드름 피우지 마! 언니가 쓴 리포트도 안 읽어봤어?!"

마도학 분야에서 쓴, 치유마술에 관한 마력부담 경감 마술식의 제창 논문도.

약학 분야의, 치유능력을 향상시키는 약초의 조합에 관한 가설도.

그것들을 조합한, 치유 분야에 관한 마도사의 현장 부담 경감에 관한 졸업논문도.

"그 많은 논문을 언니는 잠도 제대로 못 자고 수많은 영지 경영 관련 서류를 처리하면서 완성해냈어! 그 두뇌는 마도성의 연구부문에서도 제의가 들어올 정도였다고!"

그것만으로도 엄청난 인재인데.

"영지 경영에 있어서도 무능한 아버지가 도박으로 돈을 날려도, 어머니가 장신구와 드레스에 돈을 물 쓰듯 써 대도, 그래도 버틸 수 있을 만큼의 수완을 발휘하고 있었어! 아직 십대인 언니가, 혼자서! 미모도,

예의범절도, 그 눈동자가 상징하는 마력의 양도! 마술 센스도! 모든 게, 단 하나만으로도 이 세상의 보배라고 할 수 있을 만큼 훌륭한 그 사람을!"

그 정도 일로 내쳐서, 그 재능을 썩히게 만들어 좋을 리 없다.

"고작 어리석은 자와 피가 섞였다는 이유만으로 내쳐도 될 만큼, 가치 없는 사람이 아니라는 것도 모르는… 형편없는 눈을 가졌다면!"

웰미는 분노가 이글거리는 눈으로 마도경… 아니, 에이데스에게 삿대질을 했다.

"—그 거만한 직함 따윈 당장 갖다 버려!!"

간신히 구해냈다고 생각했는데.

사바린도, 어머니도, 자신도 사라져, 비로소 자유로워질 수 있다고.

더는 고생하지 않고, 드디어 언니가 행복하게 살 수 있다고.

"당신에게 맡기면 이룰 수 있을 줄 알았는데…!"

헛짚고 말았다.

형편없었던 건 웰미의 눈이었다.

에이데스 오르밀라주는 한심한 남자였던 것이다.

"이럴 줄 알았으면 저기 있는 겁쟁이한테라도 맡기는 편이 백만 배는 나았어!!"

그렁그렁, 눈꼬리에 제멋대로 맺히는 눈물을 꾹 참고 웰미는 어깨로 숨을 몰아쉬며 에이데스를 노려보았다.

아무도 말이 없다.

따귀를 얻어맞고 폭언을 들은 에이데스 자신, 무슨 생각을 하는지 짐작할 수 없다. 푸른빛이 도는 보라색 눈동자로 무표정하게 이쪽을 내려다보고 있다.

그 침묵을 깬 사람은 아바인이었다.

"어이, 겁쟁이! 야, 이오라한테서 손 떼!"

그 말에 언니에게 시선을 향하자, 눈 밑을 누르며 고개를 숙인 그녀의 어깨를 레오가 감싸 안고 있었다.

"그 여자는 내…!"

"너나 입 다물어, 아바인! 넌 진작부터 언니의 약혼자도 무엇도 아니니까!"

"뭐…!"

웰미가 돌아보지도 않은 채 소리치자, 아바인이 할 말을 잃는다.

"지금은 내가 에이데스와 이야기하는 중이야! 어차피 지금의 그 멍청한 발언으로 너도 나도 다 불경죄가 돼버릴 테니까, 그대로 죽어버려!"

"뭐? 부, 불경죄……?"

"그것도 몰랐어?! 학교 측에 왜 '재학 중에 한해, 동 왕족에 관한 대응은 불경죄를 묻지 않는다'라는 기재 내용이 있는지 생각도 안 해 봤어?!"

조금만 생각하면 알 수 있는 일이다.

왕태자는 웰미와 같은 학년이었다.

귀족학교 입학 전, 다과회에서 그런 이야기가 종종 나왔던 것이다.

왕태자 전하께서 입학하신다고.

하지만 입학 후에 아무도 그의 모습을 볼 수 없었다.

하지만 웰미는 알고 있다.

그 외에도 몇 명은 아마 눈치챘을 것이다.

과거를 거슬러 올라가면, 왕태자가 된 인물은 아무도 학교에는 다닌

적이 없다.

　귀족학교는 사교의 일환인데도.

　그리고 입학 후, 왕태자는 시험만 치른다고 하는 통지가 있었다.

　조사해 보면, 왠지 역대 왕태자들이 입학 연령에 달한 해에는, 이름
도 들어본 적 없고 영지도 없는, 똑같은 성씨의 남작 영식이 입학한 기
록이 남아 있다.

　클래스는 반드시 상위에 드는 남작 영식.

　하지만 게시된 성적은 그렇게까지 뛰어나지는 않고, 상위 클래스에
아슬아슬하게 들어가는 정도의 성적.

　대신 왕태자 전하의 이름은 늘 톱 언저리에 있었다.

　─그림자처럼 비칠 뿐인 왕태자.

　학교에 다니지 않는 건 그렇다 치고, 우수한 성적.

　가난뱅이 남작 영식의 성적은 거짓말이다.

　다만 거기에 있음을 나타내기 위한…, 신분을 숨기는 것 외에도 그
것을 알아차리고 다가올 만큼의 역량이 있는 상대를 가늠하기 위해 존
재하는 위장이라고 웰미는 생각했다.

　그의 진짜 성적은 왕태자의 이름으로 기재되어 있다.

　그리고 웰미가 언니와 리포트를 바꿔치기할 생각을 떠올린 것도, 게
시된 그 성적표를 처음 봤을 때였다.

　"그렇지? 레오니엘 라이오넬 왕태자 전하! 나는 당신 같은 겁쟁이에
게 언니를 맡긴다고 한 적 없어!"

　언니의 어깨를 감싸 안은 레오에게, 웰미는 악을 썼다.

그림자 기사라도 자처하는 모양인지.

언니의 곁에는 있었다.

하지만 아바인이 시비를 걸어도 언니를 지키려 하지 않았고, 국왕 폐하가 두려워 자신의 신분도 밝히지 못한 겁쟁이다.

웰미의 눈에는 그렇게 비치고 있었다.

설사 나중에 언니를 왕태자비로 맞이할 작정이었다 해도, 그것은 언니의 학교생활을 지켰다고는 할 수 없다.

그 자리에서 신분을 밝히고, 권력이든 뭐든 사용해 언니를 빼앗아버리면, 웰미보다 훨씬 나은 방법으로 언니를 지킬 수 있었을 텐데 그는 그렇게 하지 않았으니까.

웰미의 발언에 레오는 쓴웃음을 지으며 손가락을 돌렸다.

그러자 검지에 끼워진 반지가 빛나면서, 그에게 걸려 있던 마법이 풀렸다.

머리카락은 왕실의 혈통임을 나타내는 보라색.

눈동자는 공격마술을 주특기로 하는 금색.

얼굴은 같아도 인상이 완전히 달라졌다.

"거……짓말……!"

망연자실하게 중얼거리는 아바인의 목소리 따위는 이미 상관없었다.

하고 싶은 말은 다 퍼부어주었다.

계획은 파탄 나버렸다.

어느 쪽이든, 웰미는 파멸을 피할 수 없다.

그렇게 생각하고 있었다.

그런데.

"쿡쿡…!"

에이데스는 참기 힘든 듯이 웃음을 터뜨리더니.

"…멋진 열변이었다, 웰미 에르네스트."

우스워 견딜 수 없는 것처럼, 조금 전까지와는 완전히 다른, 생기 넘치는 즐거운 미소를 띠고서 그는 눈을 반짝이고 있었다.

"가르쳐주마. 너는 불경죄가 되지 않아. 다른 어떤 죄상과도 마찬가지로."

"뭐……?"

그 말의 의미를 이해하지 못하고 어안이 벙벙해진 웰미에게, 은발을 쓸어 올리며 에이데스가 말했다.

"백작가의 진짜 고발자는 너 아닌가? 나는 거기에 동참했을 뿐이야. …킬레인 법무경과 왕태자 전하께서 이 건에 관해 웰미 에르네스트의 모든 죄를 사한다고 서면에 기재했고, 국왕 폐하께서 승인하셨다."

"…………헤?"

전혀 이해할 수 없다.

시선이 흔들리는 웰미를 향해, 에이데스가 말을 이었다.

"'고발자를 증인으로서 보호하는' 법무성의 관례가 몇 년 전 정식으로 이 나라의 법이 되었어. 자신까지 함께 파멸할 생각이었던 너는 아마 몰랐겠지만."

에이데스는 웰미의 턱을 손가락으로 잡고서 위를 향하게 했다.

"아주 재미있는 취향이었어. 나까지 자신의 뜻대로 조종하려 들다니 제법이군 그래."

그러더니 웰미 뒤에 있는 사람들… 사바린과 어머니, 그리고 아바인에게 시선을 향했다.

그 눈동자에서 순식간에 즐거운 빛이 사라지고, 얼음장같이 싸늘한 평소의 냉혹함이 돌아왔다.

"그 어리석은 자들을 연행해라. 볼일은 다 끝났다."

병사들이 난처한 얼굴로 킬레인 법무경을 쳐다보자, 사법을 관장하는 수장은 어쩔 수 없다는 듯이 고개를 끄덕여 그것을 허가했다.

"일단 아직은 귀인이다. 폐하께서 처단하실 것이니 왕성 부근의 귀인옥에 가둬놔라."

"예!"

"……."

"아, 안 돼! 아니에요, 이건 함정이에요. 저는…!"

"왜 나까지…. 모, 몰랐을 뿐인데…!!"

가장 크게 저항할 것 같았던 사바린만 소란을 피우지 않았다.

자신의 몰락과 딸의 출생의 비밀에 말문이 막혀버렸거나… 혹은 넋이 나가 아무 생각이 없는 것이리라.

어머니는 저항하고 악다구니를 쓰고 있었고, 아바인은 아직도 자신의 죄를 이해하지 못하는 모습으로.

제각기 끌려 나간다.

웰미는 에이데스에게 턱을 붙잡힌 탓에 그 소동을 보지 못하고 있다가… 이윽고 주위가 다시 조용해지자 나직하게 중얼거렸다.

"……놔."

"그런 요구가 가능한 입장이라고 생각하나?"

"왜, 내 말투가 마음에 안 들어? …후후, 새삼스럽게."

바람은 이루어졌다.

남은 문제는 전부 사소한 것들뿐이다.

적어도 언니를 상처 입힌 원흉들은 사라졌다.

그걸로 충분했다.

오산은 웰미의 죄가 용서된다는 것.

하지만 그 후의 삶 따위는 전혀 생각하지 않았다.

웰미에게 주어진 용서는 오랫동안 짊어져 온 중압감이 사라진 허탈감과 함께 지독하게 성가시게 느껴졌다.

평민이 되어 쫓겨나면, 자신은 직업도 없을뿐더러 혼자 살아갈 수단도 없다.

─차라리 그 사람들처럼 처벌해주면 좋을 텐데.

하지만 이미 국왕 폐하의 승인이 났다면, 이제 와서 뒤집을 수는 없으리라.

"자, 웰미 에르네스트. …에르네스트 백작을 포함한 '고름'을 훌륭하게 국가에서 짜내준 그 수완에 경의를 표하여 법과는 별개로 내가 상을 주기로 하마."

어떡할 테냐? 라는 질문에.

웰미는 즉석에서 받아들였다.

자신에 대해서는 아무것도 생각나지 않지만.

"나에게 주어진 용서를 전부 언니에게 주기 바라. …그러면 언니는 졸업 자격도 취소되지 않고 정당한 평가를 받아서 어디든지 갈 수 있으니까."

조금이라도 그녀에게 도움이 되도록.

그런 바람을 담은 웰미의 제안에 무슨 생각을 했는지 에이데스는 만족스럽게 고개를 끄덕였다.

왜 그는 그런 즐거운 눈빛으로 웰미를 응시하고 있는 걸까.

"웰미…."

언니가 조금 울먹이는 목소리로 부르지만, 웰미는 돌아보지 않는다.

돌아볼 수 없다고 하는 편이 더 정확하지만, 볼 수 있었다 해도 보지 않았을 것이다.

이오라 언니의 남은 인생에 웰미는 필요 없다.

"갸륵하군. 단지 그거면 충분한가?"

"언니와의 약혼도 파기하지 말아줘."

웰미는 이제 가면을 쓰고 있지 않았다.

어떤 빈축을 사도 상관없기 때문에, 솔직하게 모든 요구사항을 말하고 있었다.

언니가 자유로워져도 돈과 뒷배는 필요하다.

그 뒷배가, 언니의 재능을 알아줄 수 있는 에이데스였으면 좋겠다고 생각했으니까.

아까 그 약혼 파기 발언은 웰미의 정체를 폭로하기 위해 일부러 입에 담은 것이리라.

사고력이 돌아오고 나니 피할 수 있었던 따귀를 맞아준 것은, 폭언을 내뱉은 데 대한 에이데스 나름의 성의 표시였다는 생각이 들었다.

생각보다 훨씬 단단하고 싸늘한 에이데스의 손가락에 붙잡혀, 고개를 돌리지도 못한 채 내뱉은 요구에 대해 그는 비웃는 듯한 미소를 짓는다.

"난 내가 귀여워하는 왕태자 전하의 연인을 빼앗는 파렴치한 짓은 하고 싶지 않은데."

"난 그 사람을 신용하지 않아. 겁쟁이는 자기가 위험에 처하면 금방 배신해버리니까."

대놓고 말해버리자 너무나 불경한 그 태도에 다시 주위가 술렁였다.

하지만 왕태자 본인이 아무 말도 하지 않아서, 그 누구도 입을 열지 못했다.

웰미의 턱을 붙잡은 채, 에이데스가 얼굴을 가까이 가져왔다.

상쾌한 향수 냄새가 코끝을 스친다.

조용하고 부드러운 목소리가 숨결의 감촉과 함께 귓속으로 미끄러져 들어온다.

"흠. 뭐, 거기에 관해서는 나중에 변명할 기회를 줘도 좋다고 생각한다만?"

그러고 나서 얼굴을 떼고, 에이데스는 약 올리듯이 이쪽을 내려다보았다.

상대의 의도에 말려드는 걸 알면서도 화가 치밀었다.

왜 이토록 그로 인해 감정이 격앙되는지 웰미는 알지 못했다.

계획을 전부 들켜버린 게 분해서?

아니면 그에게 농락당하는 게 화나서?

둘 다이기도 하고, 둘 다 아닌 것 같기도 하지만.

그래도 웰미는 저항을 멈추지 않았다.

이 보라색 눈동자에 거짓말은 통하지 않는다는 건 알고 있었기 때문에.

솔직하게 본심을 전하지 않으면 눈앞에 있는 얄미운 남자는 들으려고도 하지 않을 테니까.

"달리 내가 줄 수 있는 건 뭐든지 줄 테니까, 뭐든지 할 테니까. 그러니까 부탁해."

"호오, 예를 들면 어떤 걸?"

뻔히 알면서 물어온다.

어금니를 꽉 깨물고, 웰미는 에이데스를 노려보았다.

웰미가 그에게 줄 수 있는 건 보잘것없는 것뿐이다.

"이 몸뚱어리밖에 없어. 하지만 조금은 즐길 수 있다고 생각하지 않아? …언니보다는 못 하지만, 나름대로 예쁜 편이잖아. 노예처럼 취급해도 불평하지 않을게. 꼴도 보기 싫다면, 처형이든 북방의 수도원행이든, 뭐든지 다 받아들일 테니까… 그러니까…….."

웰미는 참고 있던 눈물이 한줄기, 자신의 볼을 미지근하게 적시는 감촉을 느꼈다.

"제발 언니만은… 구해줘…….."

그것만이 소원이었다.

그것만을 위해 지금까지 살아왔으니까.

"너희는 자매간에 똑같은 말을 하는군."

"……?"

"뭐든지 하겠다는 그 말에 거짓은 없겠지?"

떠오른 의문을 물어볼 새도 없이 에이데스의 말이 이어진다.

"응."

그의 질문에 웰미가 고개를 끄덕이자.

에이데스는 만족스러운 미소를 지으며 이렇게 말했다.

"—그럼 네가 내 아내가 돼라, 웰미 에르네스트."

에이데스의 그 말은.

언니와의 약혼 파기를 선언했을 때와 거의 같은 충격을 웰미에게 주었다.

"……?"

어안이 벙벙해진 웰미를 보고, 에이데스는 쿡쿡 웃는다.

"너는 언니 이오라만 구할 수 있다면 뭐든지 괜찮다고 했지? 웰미 에르네스트. 그렇다면 내 아내가 돼라. 그러면 언니를 구해주마. 원하는 대로 살 수 있게 후원도 해주마."

네가 내 요구를 받아들인다면.

그런 선언에.

웰미는 그 진의를 파악하기 위해, 푸른빛이 도는 보라색 눈동자를 응시하고 숨을 삼켰다.

말의 내용이나 놀리는 듯한 태도와 달리 성실한 빛으로 가득한 그 눈을.

그랬다.

그를 처음 만난 데뷔탕트에서도 처음에 봤을 때는 이런 눈을 하고 있었다.

"너 같은 여성을 나는 지금까지 찾고 있었다. 몇 살 때부터 계획한 거지? 10살이 조금 넘었을 때부터인가? 귀족학교에서는 이미 가면을 쓰고 있었겠군. 물론 그 야회 때도."

—기억하고 있었다.

에이데스의 입장에서는, 주위의 흔한 영애 중 한 명일뿐인, 잠깐 부딪쳤을 뿐인 웰미를.

"사람을 보는 네 심미안은 확실해. 칼라 양도, 왕태자 전하도 그걸 인정했다. 네 의도가 무엇인지 정확하게 꿰뚫어보는 자는 나름대로 많이 있었어. 집사 골드레이와 클라테스는 원래부터 알고 있었을걸? …
그리고 이오라도."

—그런 느낌은 있었다.

　그 말을 들을 때까지 생각하지 않으려 하고 있었다.
　그 총명한 언니에게 들키지 않았을 리 없다는 사실을 인정해버리자
납득이 되었다. 그렇다면… 웰미 혼자 어릿광대가 되어 에이데스의 손
바닥 위에서 춤추고 있었던 이 촌극의 끝은 이미 그가 원하는 결말을
맞이하는 것으로밖에 성립되지 않는다.
　도망칠 길은 없다.
　웰미는 완패한 것이다.
　"배짱과 지략, 인내심과 해주 재능. 노력을 아끼지 않고 가장 좋은
길을 모색해 최대의 효과를 노리고 모험에 나서서… 그 장기말로 나까
지 이용하려고 획책한 대담한 여자다. 너는."
　"칭찬해줘서 영광이야."
　내뱉듯이 한 말인데, 그 어조가 토라진 기색을 띠고 있는 것을 스스
로도 깨닫는다.
　패배한 상대에게 칭찬을 받아도 전혀 기쁘지 않다.

　"대답해, 에르네스트 백작가 영애, 웰미."
　"당신의 제안을 받아들일게. 에이데스 오르밀라주 후작님. ……지금
이 순간부터 난 당신 거야."

　웰미의 대답에 왠지 환성이 터져 나왔다.

분명 관객들에게도, 웰미와 마찬가지로 예상 밖의 결말이었을 테니까.

"내빈 여러분. 약속대로 소개하겠소."

에이데스는 웰미의 턱에서 손을 떼더니, 허리에 팔을 휘감고 웰미를 안아 올렸다.

"오르밀라주 후작가 당주 에이데스의 약혼녀, 웰미 에르네스트 양이오!"

그 말에 웰미는 정말로, 이 모든 일이 처음부터 짜여져 있었음을 깨달았다.

그도 그럴 것이 그는 처음에.

'오르밀라주 후작가의 약혼녀를 소개하겠소'라고 말했다.

─그게 언니라고 말한 적은 없으니까.

5. 야회 후에

"자, 나의 아내 웰미. 뭐 궁금한 건 없나?"

그 후.

그대로 다시 파티가 시작된 피로연 회장을 나와, 몇 명이 다른 방에 모여 있었다.

에이데스와 웰미.

그리고 이오라 언니와 레오니엘 왕태자.

킬레인 법무경과 클라테스 선생님.

칼라 자작 영애와, 그 촌극의 자리에는 없었지만 왠지 야무지게 동석하고 있는 집사 골드레이.

그리고 두 살 위인 시녀 올레이아.

이번 일과 많은 관련이 있었을 면면들이다.

그렇다 해도 킬레인 법무경은 단순히 증인교섭서류에 사인을 받으러 왔을 뿐이라. 금방 물러갔지만.

"나중에 정식으로 조서를 작성하겠다"라는 말만 남기고.

"……딱히 궁금한 건 없어."

소파에 앉은 채, 고개를 팩 돌려버린 웰미를.

참을 수 없다는 듯이, 옆에서 이오라 언니가 와락 끌어안았다.

"어, 언니?"

"미안해, 웰미…! 너를 구해내는 게 늦어져서…!"

그렇게 말하고, 눈물이 그렁그렁한 채 가냘픈 어깨를 떠는 언니는, 기억 속의 모습보다 훨씬 건강하고 살이 오른 모습이었다.

웰미는 그 사실에 안도하면서도, 당황하며 고개를 가로저었다.

"아니, 난 학대를 당하고 있었던 게 아니니까, 사과할 필요 없어."

언니가 미안해할 일이 아니다.

오히려 지독한 학대에서 구해주는 게 늦어진 건 웰미 쪽인데.

그렇게 생각하고 있자, 언니는 눈물로 화장이 조금 지워진 웰미의 눈 아래를, 볼에 살며시 대고 있던 손으로 쓰다듬는다.

"다크서클이 심해. 그리고 조금 야위었구나. …내가 떠난 뒤에, 사바린이 방치한 영주의 업무를 네가 골드레이와 함께 처리해준 거지?"

"……언니처럼 잘하지는 못했어."

언니와 달리, 웰미에게 그렇게까지 뛰어난 능력은 없다.

그저 영민에게만은 피해가 가지 않도록, 다종다양한 민원에 대응하는 정도가 최선이었다.

단지 그것만으로도 수면시간이 턱없이 부족했기 때문에, 그런 환경에서 오랫동안 집안 경제를 지탱해온 언니 앞에서는 고개를 들 수가 없다.

"그리고 난 언니에게 못된 짓을 한 쪽이야."

"아니야, 웰미. 넌 네가 할 수 있는 모든 일을 나에게 해주었는걸. ……조금이라도 양친의 눈이 덜 닿도록 내 용모를 가리고, 별채를 마련해줬잖아?"

"……."

"그리고 고열로 앓아누웠을 때, 의사를 부르고 빵죽을 준비해준 것도 너였어."

그렇지, 올레이아? 하고 언니가 동의를 구하자, 집 안에서 골드레이 이외에 유일하게 신뢰할 수 있었던 시녀가 말없이 고개를 숙인다.

"……쓰레기라고 말하면서 줬는데."

"그날 저는 이오라 아가씨의 식사는 준비할 필요 없다는 지시를 받았습니다. 그런데 웰미 아가씨가 **빵죽**을 가져다주셔서 깜짝 놀랐습니다."

표정 변화가 거의 없는 시녀가, 오늘은 희미한 미소를 띠고 있었다.

"그리고 이오라 아가씨의 어머님의 유품인 보석과, 다른 고가의 장신구들도…… 혹시라도 실패했을 경우에 대비해, 이오라 아가씨가 곤란해지지 않도록 준비해주신 거죠?"

"괴롭히려고 그런 거야, 그건!"

"괴롭히려고 내 이름을 새긴 장신구를 몰래 짐 속에 집어넣었다고?"

"모, 몰랐을 뿐이야!"

킥킥 웃는 언니에게는 이미 모든 걸 들켜버린 게 분명하다.

들킨 걸 알아도, 오랫동안 유지해온 태도는 그리 쉽게 바꿀 수 없다.

─미움 받고 싶었는데.

주변에, 바보 같은 실수를 했다는 인상을 주기 위해, 일부러 마도각인을 언니 이름으로 새긴 건 사실이지만.

감사 인사를 받자, 낯간지러워 얼굴이 화끈거린다.

그 와중에, 흰 콧수염을 기른 골드레이까지 쓸데없는 소리를 더한다.

"그 이름은, 웰미 아가씨 본인이 자신의 장신구를 판 돈으로 보석을 구입해, 서명하셨습니다. 그럴 거라고 짐작은 하고 있었지요."

"……!"

백작가의 재산은 어차피 최종적으로는 몰수당할 테니까, 야회에 참석할 때 곤란하지 않을 만큼의 드레스와 장신구만 남기고 몽땅 팔아서, 부피가 작고 값비싼 보석으로 바꾸었다.

쓸데없는 소리를 하는 골드레이를 흘겨보면서, 웰미는 점점 얼굴이 뜨거워지는 것을 억누를 수 없었다.

그 모습을 흐뭇하게 바라보는 그의 표정도 마음에 들지 않았다.

"하지만 왕태자 전하와 학우님은 어떻게 아셨습니까?"

골드레이가 질문을 던지자, 칼라와 레오가 서로 얼굴을 마주 보았다.

전하부터 말씀하시죠, 라는 듯이 강단 있는 인상의 자작 영애가 어깨를 으쓱하자 레오가 입을 열었다.

"처음에 위화감을 느꼈다고 할까, 놀란 건, 웰미가 내 정체를 꿰뚫어 봤기 때문이야."

'당신 같은 겁쟁이'라는 모멸적인 말의 의미를, 그는 정확하게 파악한 것이리라.

확실히 그때 레오는 왠지 놀란 얼굴이었다.

"이오라의 눈동자가 보라색인 걸 우연히 안 뒤에, 그녀의 집안에 대해 조사해서 둘이 자매라는 사실을 알았기 때문에 더 위화감이 강해졌지."

비쩍 말라 건강하지도 않고, 화장도 안 하고, 남루한 드레스를 입은 소녀와, 언제나 화려한 차림으로 아바인 같은 녀석과 붙어 다니는 여자가 자매라면 그럴 만도 하리라.

"가깝게 지내는 친구도 변변한 녀석들은 없고, 소문 이야기나 좋아하는 영애들뿐이었는데, 그런 말을 하니까…. 그렇다고 내 정체가 소문난 것 같지도 않아서, 뭔가 노림수가 있을 거라고 생각하다가 깨달은 거야."

그리고 상황을 살피며, 칼라와 의논해 움직이려고 한 레오를 말린 사람은, 놀랍게도 언니였다고 한다.

"'지금 움직이면 웰미가 곤란해진다'면서 말리더군. 자신이 훨씬 지독한 상황에 있으면서 도대체 무슨 말인가 싶었어."

그래서 그들은 백작가의 죄상을 폭로해 언니를 구해내는 게 아니라, 아무에게도 들키지 않게 언니를 보호하는 것으로 계획을 변경했다고 한다.

제대로 된 식사를 제공하기 위해, 원래 같으면 왕족밖에 들어갈 수 없는, 귀족학교의 긴급탈출로로 연결되는 작은 방을 '살롱'으로 꾸며 점심식사를 함께 하고.

그리고 신뢰할 수 있는 인재를 선별해 겉으로 드러나지 않게 멤버로 삼아, 점심시간과 방과 후에 언니와 교류할 수 있도록 추진했다고 한다.

그래서 도중부터 언니와 레오의 모습을 거의 볼 수 없게 된 것이다.

별채에서의 생활도, 레오가 사재에서 돈을 내고, 폐하에게 '그림자'의 사용 허가까지 받아, 언니가 별채에서 쾌적하게 지낼 수 있도록 옷과 물품 등을 지원한 것이라고 했다.

언니를 위해 집안의 돈을 지나치게 움직이면 웰미가 하고 있는 일이 들통나기 때문에, 그 부분은 골드레이와 올레이아가 물밑작업을 했다고 한다.

—그런 사정이.

그렇다면, 레오로서는 웰미의 평가에 불만이 있을 만도 하다.

"상당히 고생했어, 아바마마를 설득하는 일도 그랬지만, 사바린과 그 부인을 감시하는 조건으로 '그림자'를 한 명 쓰는 것 외에는 전부, 나에게 주어진 예산 내에서 혼자 하라는 명령이었고, 졸업 때까지는 정체를 밝히고 프러포즈하는 것도 안 된다고 하셨으니까."

언니는 푸념을 늘어놓는 레오에게 새침한 표정을 짓는다.

"하지만 전하, 그때는 아직 미성년이라 웰미까지 도망시키기에는 준비가 불충분했고… 저 혼자뿐이라면 학대를 이유로 떠날 수도 있었지만, 이 아이는 증인으로 움직여줘야 하니까 어쩔 도리가 없었잖아요. 영민들도 곤란해지고요."

"뭐, 실제로 양친은 웰미를 애지중지했으니까."

"그리고 이중장부를 눈치챘을 때 사바린에게 이야기하는 걸 웰미가 제지해서…, 뭔가 생각이 있어서 나에게 알렸을 거라고 생각했어."

적어도 양친의 학대를 이유로 웰미가 그 집을 나가는 것은 불가능했다.

고발자가 아니었다면, 탈세에 관여한 혐의로 똑같이 단죄당했어도 이상하지 않고, 그게 아니라도 평민으로 강등되어 양호원으로 보내졌을 것이다.

"…난 똑같이 벌 받았어도 괜찮았는데."

"전혀 안 괜찮아."

자신을 신경 쓰지 않았다면 언니가 더 빨리 구원받았을 텐데, 하고 불만을 드러내는 웰미에게, 타이르듯이 언니가 말했다.

"우리 집에 오자마자 '제발 동생만은 구해주세요'라고 흐느껴 울어서, 그때는 좀 난감했지만."

소파에 앉아 여유롭게 다리를 꼬고, 등받이에 팔을 걸쳐 턱을 괸 에이데스가 능글능글 웃으며 말하자 언니는 얼굴을 붉혔다.

에이데스는 외부에 보이는 냉혹한 인상과는 분위기가 꽤나 다르다.

미남은 오만한 태도도 잘 어울려서 이득이다. 기학적이고 즐거워 보이는, 감정 풍부한 모습이 아마도 그의 본모습인 듯하다.

─난, 이 사람의 아내가 되는구나….

실감은 안 나지만, 앞으로의 일을 상상하고 웰미는 내심 진저리를 쳤다.

미남에, 머리도 좋고, 재능도 있고, 사람을 괴롭히기 좋아할 것 같은 에이데스에게 '뭐든지 시키는 대로 하겠다'라고 약속해버린 것이다.

그가 어떤 요구를 해올지 벌써부터 두려움을 느끼면서, 이러면 확실히, 그가 눈독 들인 대상이 언니가 아니라서 다행일지도… 라는 생각이 머리를 스쳤다.

…어쨌든 멋있기도 하고, 처음 만났을 때의 인상이 좋았으니까, 웰미 자신은 그와 약혼하는 게 싫다고 할 정도는 아니지만.

누구에게랄 것도 없이 변명하고 있는 동안, 주위에서는 계속 이야기를 진행시키고 있었다.

"꽤나 애먹은 것처럼 말하지만, 에이데스. 당신은 이오라가 우니까 나한테 아예 떠맡겨버렸잖아!"

"왕태자 전하, 그래서 좋아하는 여성을 달래주는 게 싫었다는 건가?"

"그런 말이 아니잖아!"

"그렇다면 내 행동은 틀리지 않았어."

쿡쿡 웃으면서 놀리듯이 말하는 에이데스에게, 레오가 발끈한다.

레오를 귀여워한다는 게 사실인 듯, 허물없는 모습이다.

"그래서, 그쪽의 칼라 양은?"

"저도 전하와 비슷한 이유입니다. 웰미가 작위만은 그럴싸한 영애들과 어울리고 있었기 때문에 이득이 있을까 싶어 접근했습니다. 그 후 약혼녀인 이오라를 무시하고 아바인과 붙어 다니는 걸 보고 충고를 했었죠."

"그래서?"

"웰미가 '그렇게 예의범절을 따지고 싶으면, 우리 언니하고나 같이 다니든가'라고 했어요. 처음에는 비꼬는 말인가 싶었지만, 문득 깨달았습니다. 웰미가 한 번도 이오라의 험담을 한 적이 없다는 것을요."

그것은 사실이었다.

다른 곳에서 남들이 언니에 대해 뭐라고 떠들어대든 내버려두기는 했지만.

눈앞에서 아바인과 다른 영애들이 언니의 험담을 할 때마다, 웰미가 한 일은 딱 하나였다.

'그 사람 이야기는 듣고 싶지 않아'라고, 싫은 기색을 숨기지 않고 얼굴에 드러냈을 뿐이었다.

왜냐면 실제로, 언니의 험담 따위는 듣고 싶지 않았으니까.

계속 떠들어대면, 에이데스에게 그랬던 것처럼 손이 올라갈 것 같았으니까.

아바인은 단순히 웰미가 '자신을 좋아하기 때문에 질투하는 것'으로 착각해주었고, 다른 영애들도, 언니에 대해 입에 담기도 싫어할 만큼 미워하는구나, 하고 멋대로 오해해주었다.

"오르밀라주 후작님은 어떠셨나요?"

"나는 레오에게 편지를 전달받은 시점에 이미 모든 준비를 마친 상태였으니까. 열렬한 러브레터에 흥미가 생겼을 뿐이야."

그렇게 말하면서 이쪽으로 힐끔 시선을 던지는 에이데스를 향해, 웰미는 미간에 주름을 잡고 얼굴을 찡그렸다.

"러브레터 따위는 보낸 적 없어."

"그래? '당신은 이토록 훌륭한 사람이라 저는 당신에게 반했어요. 그러니까 가장 소중하고 멋진 우리 언니를 맡기고 싶어요'라고 쓰여 있었던 것 같은데."

"…자의식 과잉이거든!! 나르시시스트 아냐?!"

"뭐, 그렇게 생각하고 싶으면, 그래도 상관없어."

—정말로, 이 남자는 어쩌면 이렇게 얄미울까!

지나치게 자의적인 해석에 분개하면서도, 큰 틀은 틀리지 않아서 더화가 난다. 그때는 관심을 끌기 위해 필사적이라, 상대가 어떤 식으로받아들일지는 생각할 여유가 없었고, 에이데스가 이런 성격일 줄은 생각도 못 했다.

—알았으면 누가, 누가 그런……!

끄응, 하고 신음하고 있자 언니가 생글생글 웃으며 등을 쓰다듬어주고 에이데스는 점점 더 크게 웃는다.

"뭐, 그래서 찾아간 곳에 클라테스가 있어서 놀라긴 했지만 말이야.웰미의 인맥은 대체 뭔가 싶어서 그 시점에 아주 유쾌했어."

"……그야 딸이니까."

아마 공작가를 나와 그 직후에 어머니에게 배신당했기 때문일까.

에이데스보다는 위지만, 늙었다고 하기엔 이른 나이인 클라테스 선생님은 그간의 고생을 보여주듯이 머리가 반쯤은 희끗희끗했다.

쓴웃음을 짓는 클라테스 선생님에게 웰미는 눈길을 향했다.

—나의, 친아버지.

그리고 해주 마술을 가르쳐준 스승님.

막연하게 느끼고 있던 일이 사실이 된 지금, 어떤 얼굴로 그를 마주해야 좋을지 알 수 없어서 웰미는 당황하고 있었다.

"나는 지금도 이자벨라가 왜 그런 짓을 했는지 의문으로 생각해. 그녀가 사라진 후, 귀족들과의 관계가 끊어진 나는 그녀가 에르네스트 백작의 애인이 되었다는 사실을 알 길이 없어서… 찾을 수가 없었어. 그녀는 단서를 전혀 남기지 않았고, 사교계에 나오기 시작한 것도 후처가 된 다음부터였던 것 같으니까."

공작가와 인연을 끊고 평민이 되어, 어머니에게 배신당한 클라테스 선생님.

어머니는 평민에, 그것도 양호원 출신이었으면서, 공작 영식과 백작가의 차남을 마음대로 농락한 것이다.

그 수완만큼은 어떤 의미에서는 평가받을 만하다는 생각이 들었다.

나쁜 쪽으로의 수완이지만.

웰미는 자신의 행동력은 어머니에게 물려받은 걸지도 모른다는 생각이 들어 복잡한 기분이었다.

밖에서 보면 자신도 똑같은 짓을 하고 있었으니까.

"그녀를 인정하지 않았던 리로우드 가문 사람들이 옳았던 걸까, 하고 그 당시에는 상당히 심란했었어. 공작가를 나온 건 후회하지 않지만."

"당신은 옛날부터 작위를 잇기 싫어했으니까."

"그런가요?"

"응, 영지 경영은 내 적성에 맞지 않았고, 약학과 해주 연구로 사람들을 돕는 일에 힘을 쏟고 싶었거든. 물론 고생도 많았지만, 난 지금의 생활이 마음에 들어. …그 시작에 이자벨라와 네가 있었으면 얼마나 좋았을까 하고 생각하면 지금도 조금 아쉽지만."

그렇게 말하고 클라테스 선생님은 씁쓸하게 웃었다.

"그렇…… 군요."

웰미도 문득 그런 생활을 상상해 보았다.

언니를 학대할 구실을 발견했을 때의 어머니는 어린 마음에 무서웠다.

하지만 웰미를 대할 때의 어머니는 상냥했던 것이다.

─어머니가 사바린의 애인이 되지 않았다면 그런 생활을 할 수 있었을까.

생각해 봤지만, 이미 지나버린 일이다.

에이데스는 그런 클라테스의 삶을 인정하는 모양인지 아무 말도 하지 않는다.

클라테스 선생님과 에이데스는 띠동갑이 조금 안 되어 보인다.

에이데스와 레오 역시 짐작건대 비슷한 정도의 나이 차가 있다.

레오가 에이데스를 허물없이 대하듯이, 클라테스 선생님과 에이데스 사이에도 입장의 차이는 있을지언정 비슷한 분위기가 감돌고 있었다.

차분한 형과 장난꾸러기 동생.

─어쩌면 이 세 사람은, 본질적으로 닮았을지도 몰라.

한 명은 공작가를 뛰쳐나와 평민과 결혼을 감행하는 무모한 행동을 하고.

한 명은 자신에게 덤빈 상대를 아내로 맞이한다고 선언하고.

레오도 결국 언니가 말리지 않았다면, 움직이려고 했던 것 같으니까.

그렇게 얼굴은 제각기 다르지만 미남인 세 사람에 대해 생각하고 있을 때, 에이데스가 갑자기 이쪽을 보았다.

"실례되는 생각을 하는 얼굴이군, 웰미. 제일 무모한 사람은 확실하게 너 아닌가? 역시 클라테스의 딸이라고 해야 하나. 안 그래, 장인어른?"

에이데스가 갑자기 화제를 돌리는 바람에, 웰미는 얼굴을 찡그렸다.

슬쩍 올려다보니, 클라테스 선생님도 비슷하게 인상을 쓰고 있었다.

"일을 그렇게 크게 만든 건 내가 아니라 당신이야! 에이데스 오르밀라주!"

"자네에게 장인어른이라고 불리는 건 가능하면 사양하고 싶은데…."

"댄스 후에 먼저 말을 꺼낸 건 너야, 웰미. 그리고 그녀는 내 아내가 될 거야, 클라테스. 입장상 당신을 장인어른이라고 부르는 건 전혀 이상한 일이 아니잖아?"

"그렇다 해도 에이데스, 역시 사양하고 싶군. 한 번 평민이 된 공작가의 장남이 필두 후작가의 당주님에게 그렇게 불리는 건 너무 황송해서 말이지."

장인어른이라 불리기 싫은 건 사실이겠지만, 후반은 가벼운 농담이리라.

그런 클라테스 선생님과 에이데스를 번갈아 쳐다보며, 웰미는 어색한 미소를 지었다.

"저기, 그 일 말인데요…."

"뭐야, 웰미. 이제 와서 존댓말로 아양 떨며 무슨 부탁을 하려고?"

"크, 클라테스 선생님과 당신이 이야기 중이라 말투가 섞인 것뿐이야! 아니, 그게 아니라… 신분이….”

웰미가 삼켜버린 말의 의미를 당연히 그 자리에 있는 사람들은 모두 알고 있었다.

에르네스트 백작가의 몰락이 거의 확정된 이상, 이오라 언니와 웰미의 신분은 평민이 되고 만다.

그러면—만보쯤 양보해서 언니가 원할 경우의 이야기지만—그녀가 레오의 약혼녀가 되는 것도, 웰미가 약속대로 오르밀라주 후작가로 시집가는 것도 매우 어려운 문제가 되어 버린다.

말꼬리를 흐린 웰미에 대한 에이데스의 대답은 지극히 명쾌한 것이었다.

“평민이 되기 전에 혼인해버리면 그만이야. 에르네스트의 작위와 영지는 일시적으로 이오라에게 가도록 손을 써놨으니까.”

“헤?”

“영지 관리와 인계 자료에 대해 제일 잘 아는 사람은 그녀야. 국가에 작위를 반환한다 해도, 왕실에서 관리할지, 다른 영주에게 상으로 하사할지를 결정하려면 시간이 필요하니까.”

그 때문에 이오라 언니가 일시적으로 에르네스트 여백작이 된다고 한다.

본인은 이미 승낙한 모양인지, 빙그레 웃으며 고개를 끄덕였다.

“영지를 계승하면 그때 작위만 가지고 레오와 약혼하면 돼. 그러면 해결돼.”

“아, 하지만 나는….”

웰미가 혈통을 이유로 계승권을 잃는다면 가족으로서의 대우는 어떻게 되는 걸까.

절연을 당한 건 아니기 때문에 그대로 언니의 동생으로서 약혼하게 되는 걸까.

그렇게 묻자, 에이데스는 어처구니없다는 듯이 깊은 한숨을 내쉬었다.

"클라테스?"

"아아. …웰미. 내가 너를 인지할 거야. 일급 해주사가 되고 리로우드 가문과 화해했을 때, 영지 없는 백작위를 억지로 받았거든. 증거가 있으니까 친자로 인정받을 수 있을 거야."

"…클라테스 선생님의?"

설마 그런 말이 나올 줄은 몰랐기 때문에, 웰미는 당황했다.

물론 자신은 클라테스 선생님의 딸일지도 모르지만, 동시에 어머니 이자벨라의 딸이기도 하다.

그를 배신한 여자가 낳은 딸인 것이다.

"……너는 자신만만한 건지, 자존감이 낮은 건지 잘 모르겠구나."

클라테스 선생님은 쓴웃음을 짓고, 웰미에게 다가와 무릎을 굽히고 그녀의 어깨에 손을 얹었다.

"네가 친딸일지도 모른다고 생각하고 마력파형 해석을 한 것도, 너를 제자로 받아들여 가르친 것도 나란다. 설사 피가 안 섞였어도, 귀엽고 똑똑한 제자를 모른 척할 만큼 매정한 스승으로 보였니?"

그 말에.

웰미는 왠지 또 눈시울이 뜨거워졌다.

뭐라고 대답해야 좋을지 몰라, 시선을 이리저리 피하다가.

머뭇머뭇, 미소를 지어 보였다.

"고, 고맙습니다……, 아버지."

소심하게 중얼거리자, 왠지 클라테스 선생님이 갑자기 경직되는가 싶더니 곧 파안대소했다.

"아니, 나쁘지 않네, 이건."

"?"

그가 그렇게 중얼거리자, 주위에서도 제각기 한마디씩 거든다.

"옛날에 보여줬던 수줍은 미소랑 똑같아. 올레이아…, 내 동생은 어쩌면 이렇게 귀여울까…."

"네, 정말로요. 웰미 아가씨의 이런 미소를 다시 볼 수 있다니 감개무량하네요. 그렇죠, 골드레이 씨."

"정말로. 감개무량하군요."

"평소엔 남을 무시하는 오만한 미소밖에 보이지 않은 주제에 이렇게 보니까 분위기가 이오라와 많이 닮았네."

"피도 안 섞였는데 신기하죠, 전하. 항상 저런 얼굴이었으면 좋겠어요."

그리고 마지막으로 에이데스가 놀리는 듯한 미소를 지으며, 하지만 따스한 눈빛으로 이쪽을 본다.

"내 아내는 모두에게 사랑받고 있군. 하지만 너무 얌전하면 재미없지. 내 앞에서는 불손하게 행동하도록 해."

─다들 제멋대로 떠들고!

견디기 힘들 만큼 부끄러워 얼굴이 빨개진 채 웰미는 고개를 숙였지만.

그래도, 그리 나쁜 기분은 아니었다.

6. 사랑이라는 이름의 파멸

피로연이 끝난 날, 깊은 밤.

아니, 결국 웰미 일행이 거의 참석하지 못해 주최자 부재의 야회가 되어버린 모임 이후.

웰미는 백작가의 저택으로 돌아가지 못했다.

돌아가기는커녕, 피로연이 열린 오르밀라주 후작가의 별저에서 당분간 나가는 것 자체를 에이데스에게 금지당하고 말았다.

에르네스트 백작가의 추문과 관련된 사안이 모두 정리될 때까지는 밖에 나가면 위험하다는 이유로 내려진 일시 보호조치라고 했다.

오르밀라주 후작가는 선대 때부터 줄곧, 보호를 목적으로 몰락 귀족가의 자녀를 적극적으로 고용해 오고 있다고 한다.

대상은 주로, 범죄에 휘말린 피해자와 가해자의 가족이나, 남편을 잃고 몰락한 미망인과 그 영애라고 한다.

그 실적 덕분에 웰미의 신병을 인수하는 것도 간단히 인정되었다.

―권력과 실적이란 정말 굉장하구나…….

논리에만 맞는다면 궤변도 버젓이 통하는 모양이다.

그걸 뼈저리게 느끼는 동안, 웰미는 시녀들의 시중을 받으며 목욕을 마치고 몸단장을 했다.

매끄러운 촉감의 잠옷―결코 네글리제가 아닌 평범한―으로 갈아 입혀진 웰미는 그대로 에이데스의 방에 밀어 넣어지고 말았다.

"왔군."

씩 웃는 그는, 침대에서 조금 떨어진 곳에 놓인 2인용 소파에 앉아, 술이 아닌 과일주스를 손에 들고 있었다.

―설마 혼전에 잠자리 시중을 시키려는 건가……?

'어떤 취급이라도 상관없다, 뭐든지 시키는 대로 하겠다'라고 약속한 웰미에게 거부권은 없지만, 그럼에도 표정은 굳어진다.

"걱정 마. 넌 네가 반한 상대를 얼마나 강압적인 남자로 생각하는 거지? 웰미."

"…잔인하고 냉혹한 마도경 각하로 사교계에서는 아주 유명하답니다, 에이데스 님."

일부러 영애의 말투로 쏘아붙여 주자, 에이데스는 쿡쿡 웃고 나서, 테이블 위에 주스 잔을 내려놓고 소파 옆자리를 툭툭 쳤다.

이쪽으로 오라는 뜻이리라.

순순히 그쪽으로 가자마자, 앉기도 전에 팔을 붙잡혀 웰미는 그의 품 안으로 쓰러졌다.

완전히 그의 품에 몸을 맡긴 자세가 되어, 볼에 닿은 에이데스의 온기와 희미한 비누 향기에 감싸인다.

"…이건 강압적인 게 아니야?"

"그런 걸 좋아하는 것 같아서 그렇게 행동한 건데."

얼굴이 화끈거리는 걸 들키고 싶지 않다고 생각하는 동안, 에이데스는 그 이상 아무 짓도 하지 않고 웰미의 머리카락에 코끝을 대었다.

"뭐지? 사람들 앞에서도 남자에게 달라붙어 애정행각을 벌이던 뻔뻔한 여자라고는 생각하기 힘든 반응이군."

그 말에 웰미는 대답할 수 없었다.

그러자 에이데스는 강권을 발동했다.

"질문에 대답하는 건 너의 의무야, 웰미. 어째서 그렇게 순진한 얼굴을 하는 거지?"

—알면서 즐기고 있는 게 분명해!

에이데스의 가슴팍에 댄 손톱을 가볍게 세우고 노려보지만, 그는 끄떡도 하지 않는다.

"…싫은 사람과의 스킨십은 역겨울 뿐이라 이런 기분이 되지는 않으니까. 지금과는 상황이 달라."

웰미는, 당연하지만, 아바인과 선을 넘지는 않았다.

다만 그가 웰미의 몸을 어루만지거나 이쪽에서 그에게 팔짱을 끼는 정도는 했었다.

언니 곁에서 떼어놓기 위해서라면 뭐든지 할 작정이었으니까.

"그래, 바로 그거야. 나와 둘만 있을 때 가면을 쓰는 건 용서하지 않겠어."

질문에 대답했기 때문일까, 만족스러운 표정을 짓는 에이데스에게 "별난 취미네"라고 쏘아붙였다.

"당신은 내 어디가 좋아서 그렇게 즐거워하는 거야?"

어쩐지, 언니를 도망시키기 위해 웰미가 해 온 많은 일들을 평가해 주는 것 같은 말투였지만.

아마 그것은 후작가 안주인으로서의 수완이 엿보이는 점을 높이 산 것뿐이라고 생각한다.

에이데스는 여자를 혐오한다는 소문이 돌 만큼 영애들에게 냉담하고, 그게 아니라도 여성에게 관심을 보였다는 소문조차 존재하지 않는 사람이다.

이 얼굴에 후작으로서의 실적과 권력까지 겸비했으면, 얼마든지 마음대로 선택할 수 있을 텐데도.

그렇기 때문에 신용했고, 언니의 총명함을 알아줄 거라 생각하고 있었다.

그런데 지금 이 상황은 과연 뭘까.

웰미를 놀리는 것을…, 그의 말과 행동에 대한 웰미의 반응을, 감상하고 즐기는 듯한.

"그래, 그 질문에 대답하는 건 어렵지 않아…. 처음 만난 야회에서, 보고 있었던 건 너 혼자만이 아니었다는 얘기지."

"…당신이, 나를?"

"에이데스야, 웰미. 이름으로 불러."

그 말에.

웰미는 그가 빈번하게 자신의 이름을 부르고 있었다는 사실을 깨달았다.

경칭도 없이 부르는 이름은 친애의 증표다.

"…에이데스, 어째서?"

"흥미가 생긴 건, 네가 내 눈만을 보고 있었기 때문이야."

에이데스는 미남이다.

여자를 혐오한다는 소문이 있어도, 그 준수한 용모만으로 선망의 대상이 될 만큼.

푸른빛이 도는 보라색 눈동자와, 밤의 고요함을 연상시키는 은발.

"뭔가를 탐욕스럽게 탐색하는 것 같으면서도 그걸 들키지 않으려고 하는 그 순간적인 전환. 그 시선 속에는 다른 영애나 부인들처럼 외면만을 보는 호색한 빛은 전혀 없었어."

"그야 그랬겠지. 나는 언니를 맡길 수 있는 사람을 찾고 있었으니까."

에이데스의 손이 웰미의 머리카락을 쓰다듬는다.

"하지만 너는 나에게 반했지? 그 짧은 순간에 나의 내면을 들여다보고."

그 말에, 웰미는 숨을 삼켰다.

무심코 눈길을 피하며 새침한 표정을 짓는다.

"그럴 리가 없잖아. 자신감 과잉이야."

"웰미, 가면을 쓰지 말라고 했을 텐데? 자꾸 그러면 잠옷까지 다 벗겨 버린다?"

그러면서, 가슴의 리본을 스르륵 풀려고 해서, 웰미는 기겁하고 그 손을 붙잡았다.

"기다…."

"솔직하게 대답할 마음이 생겼어?"

"……!"

옷이 벗겨지는 것도, 본심을 말하는 것도, 둘 다 부끄러운데.

끙~ 하고, 어쩐지 불합리한 양자선택을 강요당한 웰미는, 용기를 쥐어짜 입을 열었다.

"……맞아……."

그 대답에 만족했는지, 리본에서 손을 떼고 에이데스가 기쁜 얼굴로 고개를 끄덕였다.

이제는 얼굴뿐 아니라 귀까지 화끈거린다.

웰미는 확실히 그 순간에 에이데스에게 호감을 느끼고 있었다.

첫눈에 반했다고 할 만큼 충동적인 감정은 아니고…, 웰미의 얼굴과 몸을 훑듯이 훑어보며 호색함을 드러내는 아바인이나 동급생들과는 다른 무언가를 그에게서 느낀 것이다.

사람의 본질을 꿰뚫어 보고, 어떻게 상대할지를 결정한다.

그것은 아마 웰미의 삶과 닮았기 때문에.

확실히 그때부터 에이데스에게 끌리고 있었다.

대화를 나눈 적도 없으면서 조사하면 할수록 그에게 점점 더 끌렸다.

―인정할 수는 없었지만.

에이데스는 그런 웰미의 속마음을 들여다보는 것처럼 눈을 가늘게 떴다.

심술쟁이 주제에.

그런 상냥한 눈빛은 하지 말아줬으면.

"겨우 16살 남짓의 영애가 아주 바람직한 반응을 보여서 나도 흥미가 생겼어. 그 옆에 있던 남자가 너무 안 어울리는 한심한 자라서 더욱 그랬지."

웰미가 보고 있었던 것처럼, 에이데스도 보고 있었다.

분명 비슷한 시선으로.

"그렇다 해도, 나는 그 이후로 행동에 나선 적은 없어. 하지만 2년이 지나 네가 보내온 편지를 보고 기억을 떠올렸지. 이건 그때 그 여자구나, 하고 말이야."

그리고 흥미를 느껴 조사를 시작한 그가 이오라의 리포트를 입수하고, 백작가의 뒷조사를 행하기 시작했을 무렵, 완전히 똑같은 두 번째 편지를 레오가 가져왔다고 한다. 상세한 내용을 듣지는 못했지만, 그런 경위에서 왜? 하고 문득 떠오른 의문을, 웰미는 에이데스에게 던졌다.

"레오에게 듣기 전에……? 왜 그 편지를 보낸 사람이 나라고 생각했어?"

웰미는 분명히 익명으로 편지를 보냈었다.

레오에게 편지를 맡긴 일로 들킬 가능성이 높아졌다 해도, 처음엔 누구의 짓인지 알 수 없도록 신중하게 행동한 것이다.

고개를 갸웃하자 머리에 놓여 있던 에이데스의 손이 미끄러져 내려와 웰미의 볼을 감쌌다.

"그걸 모르니까 마무리가 허술해서 들킨 거야, 웰미. …필적은 속일 수 없어."

"거짓말…! 내 필적은….”

"이오라의 필적을 일부러 따라 했지? 언니의 필적을 볼 기회는 많았을 테니까. 하지만 아무리 비슷하게 따라 해도 개성은 드러나게 마련이야. 이오라의 필적은 아름답고, 너의 필적은 조금 둥글고 귀여운 느낌이야."

편지의 필적은 과거에 언니의 이름으로 제출되었던 리포트와 똑같았다는 설명이다.

"…역시 내가 언니처럼 하는 건 무리였다는 얘기네."

"너와 이오라의 소질은 비교할 수 있는 게 아니야. 너에게는 완전히 다른 재능이 있어. 그리고 내가 원한 건 너 같은 여자야."

"전혀 이해 못 하겠어."

자신에게, 언니보다 뛰어난 부분이 있다고는 도저히 생각할 수 없다.

그런데 왜.

─에이데스는 마치, 나를 동경하는 듯한 눈빛을 하고 있다?

하지만 그에게 그걸 물어보기 전에, 그의 말이 이어졌다.

"너와 이오라는 성격도, 외모도 완전히 달라. 그리고 상냥함을 드러내는 방법도…. 그 한심한 남자에게 입술은 허락했나?"

볼을 쓰다듬던 손이 멈추더니, 엄지가 웰미의 입술을 어루만졌다.

"…몇 번쯤."

솔직하게 대답했다

어차피 거짓말은 금방 들통나니까.

아바인은 그런 스킨십을 원했다.

지나치게 거부하거나 피하면, 쓸데없이 심기를 건드릴 수 있다고 생각했기 때문에.

웰미가 싫은 듯이 얼굴을 찡그린 걸 눈치챘는지, 에이데스는 고개를 가로젓는다.

"…실망했어?"

"아니, 무대 위의 배우가 연기를 위해 입맞춤을 한다고 해서, 그걸 행실이 나쁘다고 생각하지는 않잖아?"

그렇게 말하면서 얼굴을 가까이 가져와, 에이데스는 입술만 살짝 밀착하는 입맞춤을 했다.

"가면을 벗은 진짜 웰미의 처음은 전부 내 거야. 지금 빼앗은 입술도."

그 입맞춤은 아바인과의 불쾌했던 경험과는 완전히 달라서.

몸속 깊숙한 곳에서부터 열기가 차오르는 달콤한 것이었다.

말의 선택도, 기분 좋은 목소리의 느낌도.

전부, 그 모든 것이 웰미를 매료시킨다.

존재 자체가, 달콤한 독처럼 웰미를 침식해간다.

"싫었어?"

"…아니."

"그런 얼굴 하지 마. 천천히 즐기고 싶은데, 지금 당장 모든 걸 빼앗아버리고 싶어지니까."

그렇게 말하면서 손을 뗀 에이데스는, 웰미의 허리를 끌어안고 요구했다.

"다음은 네 차례야, 웰미."

"…그건, 무리야…!"

부끄럽다.

부끄럽다.

그저 안겨만 있는 이 상태에도, 심장이 터질 것만 같은데.

자신이 먼저 그에게 키스라니.

하지만.

"시키는 건 뭐든지 한다고 하지 않았나?"

"…비겁해……."

앞으로도 쭉.

분명 이런 식으로 웰미에게 요구해올 작정인 것이다, 이 남자는.

"………눈이라도, 감아줘."

"좋아."

푸른빛이 도는 보라색 눈동자가, 똑바로 주시해오는 그 눈이, 눈꺼풀 안으로 사라진다.

크게 숨을 마시고, 자신도 눈을 감고서.

웰미는 입맞춤을 했다.

그의 이마에.

눈을 뜨고 불만스러운 표정을 짓는 에이데스의 시선을, 웰미는 애써 외면했다.

"…어디다 하라고는 안 했잖아."

"그래, 좋아, 다음부터는 장소도 지정하도록 하지."

웰미를 가볍게 번쩍 안고 몸을 일으킨 에이데스가 그녀를 침대로 데려갔다.

"오늘은 피곤할 테니까 아무것도 안 할게. 하지만 앞으로 네 침실은 여기야."

"무슨…!"

"거부권은 없어. 안 그래? 웰미…."

귓가에 목소리가 울린다.

"─넌 이제 내 거야."

아아, 하고 웰미는 생각했다.

어쩌다 이렇게 되었을까.

정말로 어쩌다.

─파멸이야, 이건.

가까워지면 가까워질수록 자신을 무너뜨리는 독 같은 이 남자는 분명 앞으로 평생 놓아주지 않을 거라고.

그런 예감과 함께, 웰미는 체념했다.

{속}

사랑하는 사람에게 축복을

PRIDE OF
A VILLAINESS

1. 소녀들에게 구원을

―웰미와 동급생들의 졸업이 코앞으로 다가온 어느 날.

"재미있는 상대로군."

마도경… 에이데스 오르밀라주는 지금까지 접해온 영애들과는 완전히 다른 편지의 주인을 생각하면서 희미하게 미소 짓고 있었다.

오르밀라주 후작가의 별저.

그 집무실에서 편지를 책상 위에 툭 던져놓은 에이데스는, 의자 등받이에 몸을 기댄 채 다리를 꼬고 양손 손가락을 배 위에 올려놓는다.

그리고 이 편지를 가지고 오랜만에 자신을 찾아온 청년… 보라색 머리에 금색 눈동자를 가진 왕태자, 레오니엘 라이오넬을 보며 입술 한쪽에 미소를 머금었다.

"그래서, 이걸 저에게 보여주시는 이유가 무엇인지요? 왕태자 전하."

"얄미운 말투는 여전하군, 에이데스. 둘만 있을 때는 레오라고 불러."

동생처럼 자신을 따르던 8살 아래 레오의 말에, 에이데스는 어깨를 으쓱했다.

"신하에게 무례를 허락하면 권위가 떨어져, 레오."

"신하라…. 왕실보다 더 큰 권력을 가졌다는 소문이 무성한 남자에게, 내가 사적인 자리에서까지 위세를 부릴 만큼 눈치가 없다고 생각하다니 유감이야."

이런 가벼운 농담을 주고받는 것도 당연히 오랜만이었다.

하지만 레오의 말대로, 오르밀라주 후작가는 왕실에서도 무시할 수 없을 만큼 막강한 권세를 가진 게 사실이다.

실제로 격이 한 단계 떨어지는 후작가임에도 불구하고, 공작가와 어깨를 나란히 하는 걸 넘어, 아예 공작가를 제치고 최고 귀족의 지위에 있는 것이다.

어째서 그 정도로까지 큰 권세를 자랑하는가.

물론 역대 당주들의 노력에 의한 부분도 크지만…, 왕실에서 오르밀라주 후작가에 예를 갖추는 이유는, 라이오넬 왕국의 건국까지 거슬러 올라간다.

라이오넬 가문은 전 왕국 시대에는 남부 지역의 변경백에 지나지 않았다.

무관 가문이었던 라이오넬은 병사를 지휘하는 데는 뛰어났지만, 강한 마력을 가진 가문은 아니었던 탓에 전 왕국에서는 대우가 좋지 않았다.

이에 당시의 라이오넬 당주는 뛰어난 마도사를 많이 배출한 오르밀라주 가문과 혼인 관계를 맺어 그 혈통에 깃든 마력을 손에 넣고자 한 것이다.

진지한 요청에 당시의 오르밀라주 가문의 당주 또한 라이오넬 변경백 가문의 용맹함을 높이 평가해 가장 강한 마력을 소유한, 보라색 눈동자를 가진 자신의 딸을 시집보냈다.

그렇게 태어난 자녀들은 보라색 눈동자는 갖지 못했지만, 금색과 은색의 눈동자를 가지고 삽시간에 자신의 병단에 마도의 힘을 도입해 한층 강대한 병력을 손에 넣었다.

어느 정도 토대가 마련되자, 평민이라도 강한 마력을 가진 자는 적극적으로 고용하고 키워서 더 큰 발전을 꾀했다.

원래 위험요소가 많은 변경 지역이라 실력주의적인 측면이 컸던 것도, 반발이 적었던 이유일 것이다.

그런 라이오넬 가문이 왕가가 된 사정은, 그들에게 잘못이 있다고도 말하기 어려운 상황에서 비롯되었다.

당시 라이오넬 변경백 가문을 위험시한 왕족과 귀족들이, 치유의 힘을 가진 라이오넬의 딸을 측비로 요구한 것이다.

그뿐이라면 인질, 혹은 혼인관계를 통해 충성을 얻고자 했을 뿐인 흔한 이야기로 끝났을 것이다.

그러나 당시의 왕가는 위험시하고 있던 라이오넬 변경백 가문을 멸시했다.

측비가 된 변경백 가문의 딸을 당시의 왕비가 학대했고, 왕은 그것을 묵인했다.

게다가 딸을 바친 라이오넬에 대해 일절 편의를 봐주지 않았고, 측비를 괴롭히는 귀족들을 방치한 것이다.

오르밀라주 가문도, 전 당주의 손녀인 측비의 대우에 불만을 품고 주변 귀족들과 갈등을 빚었다.

그런 식으로, 변경백령과 오르밀라주령에서 왕가에 대한 반감이 커지는 가운데, 왕가에서 독기 웅덩이를 방치하는 바람에 마수가 대량 발생했고, 동시에 왕국 전역에 역병이 유행했다.

라이오넬 변경백령도 예외는 아니어서 그것들을 수습하느라 애는 먹었지만, 그래도 다른 귀족들의 영지보다는 피해가 훨씬 적은 편이었다.

마도의 힘을 얻은 강력한 병단과, 그동안 키워낸 치유 마도사와 성녀들의 존재 덕분이었다.

그러는 동안 어리석은 왕가는 치유의 힘을 가진 라이오넬 측비에게 역병의 수습을 명했다.

하지만 변경백 가문에 대한 악감정과, 평소 측비를 하대하던 왕가의 태도 탓에 그녀를 업신여기던 마술 혈통의 귀족들과 연대가 가능할 리 없었고.

혈연관계인 오르밀라주 가문도 자신의 영지 문제로 여력이 없어 돕지 못하는 가운데, 혼자 동분서주하며 사람들을 치유해온 그녀가 쓰러지자, 왕가는 측비를 더욱 구박했다.

─쓸모없는 존재, 라고.

게다가 피해가 적었던 라이오넬 변경백 가문에, 국왕이 다른 영지에서 날뛰는 마수의 퇴치와 역병의 수습을 명하는 단계에 이르자, 마침내 당주는 격노했다.

"현 왕가에는 충성을 맹세할 가치가 없다."

그렇게 판단하고, 왕도에 공격을 단행했다.

측비 탈환을 기치로 내세운 라이오넬 가문에, 오르밀라주 가문은 제일 먼저 동참을 표명.

마술의 힘으로 비밀리에 왕성에 잠입해, 측비의 신병을 확보하고 보호했다.

당시의 오르밀라주 가문 당주에게 측비는 조카에 해당한다.

왕가와 왕족파 귀족들이 그녀를 대하는 태도에 불만을 품고, 진작부터 벼르고 있었던 것이다.

원래 마술 혈통 귀족의 필두였던 오르밀라주 가문은 그동안 라이오넬에게 무력 관련 지도를 받아왔고 역병의 피해도 당연하지만 적었다.

역병과 마수로 인해 피폐해진 왕가와 왕족파에게, 무력과 마술에서 가장 강력한 두 가문에 맞서 대항할 수단은 없었고…, 측비와 그 아들인 새 국왕을 남기고, 왕가와 왕족파 당주들은 거의 모두 처형되었다.

그리고 새로운 지배자, 라이오넬 왕가가 탄생한 것이다.

오르밀라주 후작가는 원래 같으면 공작이 되어도 이상하지 않지만, 본가만은 왕실과 적당한 거리를 유지하기로 결정하고, 지금도 그것을 지키고 있다.

하지만 건국 과정에서 당시 공작이 된 자들은 대부분 오르밀라주 후작가와도 친척 관계에 있고, 거기에 더해 본가의 역대 당주들이 뛰어난 장사수완과 마술재능을 겸비한 결과.

오르밀라주 후작가는 타국에까지 영향력이 있는 강력한 귀족 가문으로 성장한 것이다.

따라서 피는 섞이지 않았지만, 지금도 왕실과의 친교 자체는 매우 깊다.

에이데스와 레오도 예외가 아니어서, 어린 시절부터 다른 가문보다 막역하게 지내온 사이였다.

"그래서 레오, 이 편지의 주인은 웰미 에르네스트가 맞지?"

에이데스의 질문에, 레오가 놀란 듯 눈을 크게 떴다.

"그걸 어떻게 알았어?"

"이 편지를 본 건 두 번째니까."

그러면서 에이데스는 서랍에서 편지를 꺼내 레오에게 보여주었다.

"……흐음. 그 녀석이 나에게 맡긴 편지는 예비용이었군."

"익명의 편지를 내가 과연 읽어줄지 확신할 수 없었던 거겠지. 하지만 그녀가 너의 정체를 알고 있다면, 가장 확실한 '심부름꾼'인 건 맞아."

왕가와 오르밀라주 가문의 관계는 라이오넬 왕국의 국민이라면 누구나 알고 있다.

음유시인의 동화 속에도 극장의 연극에도 자주 등장하는 유명한 이야기이자, 귀족들이 배우는 역사의 첫 페이지이기 때문이다.

"웰미는 이오라가 맡긴 편지라고 했지만, 본인에게 확인해 봤더니 거짓말이었어."

"너도 어지간히 신용이 없는 모양이군."

"그건 아닐걸…. 이오라의 말로는, 웰미는 자신이 언니를 구하려 한다는 걸 들키기 싫어하는 것 같으니까 그 이유가 크지 않을까?"

거기서 의문이 생겼지만 아마 레오와 이오라는 표면적으로는 학교에서 접촉하지 않는다고 하니까 웰미는 그 거짓말을 들킬 가능성이 낮다고 생각했을 거라는 이야기였다.

―최악의 경우 들켜도 상관없다, 라고 하는 편이 더 가능성 있지만.

편지 내용으로 짐작건대, 아마 모든 준비는 끝난 것 같았다.

그 방아쇠가 되는 것이 에이데스 자신의 동향이라면, 마지막으로 '편지의 확실한 전달'을 노리고 모험에 나섰다고 보는 게 맞지 않을까.

하지만 특별히 정정할 의미도, 논쟁을 벌일 의미도 없어서 잠자코 이야기를 진행시킨다.

"이 편지 속에 '신용할 수 있는 인물에게 에르네스트 백작가의 배임에 관한 증거를 맡겨놓았다'라는 내용이 있는데, 그 상대가 또 재미있더군."

"누구인데?"

"클라테스 리로우드야."

에이데스가 능글능글 웃으면 말하자, 레오가 깊은 한숨을 내쉬었다.

"그것도 또 놀랍네. 시정에 있다고는 해도, 일급 해주사와 어떻게 그런 신뢰 관계를…. 아니, 그녀의 눈동자 색을 생각하면 이상한 일이 아닐지도 모르지만, 에르네스트 백작가와 리로우드 가문이 혈연관계라는 말은 못 들어본 것 같은데."

"나도 모르는 일이야."

리로우드 공작가는, 왕실과의 관계가 오르밀라주 후작가와는 조금 다르다.

그 가문은 원래 정령술사의 혈통으로, 저주와 해주에 특화되어 있는 것이다.

본래 정령의 자유의지를 억제하고 종속시키기 위해서는 막대한 양의 마력이 필요하지만, 리로우드는 정령에게 사랑받는 혈통이라, 마술이 아닌 기도로 정령에게 해주 협력을 청할 수 있다.

사역마와 달리, 정령은 인간과의 사이에 주종관계를 맺지 않는다.

보수와 정령의 호의만이 정령을 움직이는 것이다.

그 축복을 나타내는 것이 주홍색 눈동자였다.

라이오넬 왕국 안에서 리로우드 가문의 혈통을 제외하고, 그 축복이 발현한 예는 없다.

"리로우드는 대외적으로 정령에 관한 사실을 숨기고 있어. 아는 자는 왕족과 가까운 극소수의 사람뿐이야. 대부분의 귀족은 웰미의 눈동자를 보고 드문 색이라고는 생각해도 의문까지는 품지 않을 거야."

주홍색 눈동자가 방계에 발현하는 예는 드물기는 하지만, 없는 일 아니다.

하지만 클라테스와의 관련 있다는 사실도 포함해, 에이데스의 흥미를 끌었다.

"외가 쪽 혈통인가도 생각했지만 어머니는 평민 고아였다고 하더군. 가능성은 극히 낮아. 그렇다면….""

"…모친의 불륜, 인가."

"그쪽을 파보는 것도 재미있을 것 같아. 웰미가 리로우드 공작가와 관련 있다고 한다면, 모친의 불륜 상대는 한 명뿐이야."

클라테스는 공작가에서 절연당하고, 시정에 나와 평민이 되었다.

웰미와의 관련성을 생각하면, 친부는 아마 그일 것이다.

그러자 레오는 노골적으로 혐오스러운 표정을 지었다.

왕족이면서도 이 청년이 그런 면에 결벽성을 보이는 것은, 라이오넬 왕가의 성립과정 때문이기도 하겠지만, 현 국왕 폐하와 왕비 폐하가 금실이 좋아 측비를 두지 않았기 때문일 것이다.

레오에게는 동생이 넷이나 있어 후계자도 부족함이 없고, 문무의 수장들과도 사이가 양호해 측비가 필요 없었다고 하는 사정도 있지만.

그건 그렇다 치고.

"들으면 들을수록 쓰레기 같은 부부로군. 그 에르네스트 백작가는."

"호오, 그 집의 사정을 알아?"

"이오라는 학대를 당하고 있어. 도와주려고 했더니, 본인이 '웰미도 같이 구할 방도를 마련할 때까지는 일을 키우고 싶지 않다'면서 사양하더라고."

"그렇군."

편지에 적힌 사정 외에도, 에이데스는 이미 에르네스트 백작가에 대해 조사를 진행하고 있었다.

언니인 이오라가 별채에 살고 있다는 사실은 이미 보고를 받아 알고 있었다.

동생인 웰미는 애지중지 사랑받고 있다고 들었지만, 레오의 말대로라면 아마도 자매 사이에 불화는 없는 듯하다.

"참 성가신 이야기지?"

"그래서, 동생에게 별로 좋은 감정이 없어 보이는 네가 왜 이 편지를 나에게 가져온 거지?"

"판단은 내 몫이 아니라고 생각했기 때문이야. 웰미의 평소 언동은 솔직히 칭찬할 만한 건 아니지만, '이오라를 구하려 하고 있다'는 말을 듣고 주의 깊게 살펴봤더니, 확실히 그렇긴 했어. 그녀는 기가 찰 정도로 본심을 잘 숨기는 것 같아."

"호오."

"처음 이야기를 들었을 때는, 이오라가 무슨 비약 같은 걸로 조종당하는 게 아닌지 의심했을 정도야. 하지만 그녀는 제정신이 맞아."

거기서 레오가 미간에 주름을 잡았다.

"믿게 되기까지 시간이 걸린 건 웰미가 나를 싫어하기 때문이라는 사정도 있어."

"왜지?"

"…나보고 겁쟁이래."

허탈한 표정으로 내뱉는 레오의 모습에, 에이데스는 저도 모르게 쿡쿡 웃고 말았다.

"웃지 마. 그 녀석은 내가 아바마마께 혼날까 봐 신분도 못 밝히고, 이오라를 도와주지도 않는다고 생각해."

"호오, 네가 왕태자라는 사실을 알면서도, 상당히 기가 센 여자로군."

에이데스는 점점 더 흥미를 느끼면서, 책상 위에 놓인 자료를 레오에게 던져주었다.

"이건 뭐야?"

"학교에서 가져온 웰미의 리포트야. …하지만 편지의 필적과는 일치하지 않아."

"…이상한 이야기네. 이게 웰미의 리포트라는 건 말이 안 돼. 내용이 이오라가 이야기해준 연구과제와 일치해."

"그럼 그게 이오라가 썼다고 하는 그 리포트인가. 이쪽은 편지와 필적이 일치해."

에이데스는 다른 리포트를 레오에게 던져주었다.

그는 잠자코 그것들을 비교하더니, 고개를 몇 번 끄덕였다.

"…상당히 주의 깊게 보지 않으면 차이를 알기 힘들 만큼 비슷해. 아니, 일부러 비슷하게 썼다고 하는 편이 정확하려나."

"너는 이 상황을 어떻게 생각해?"

보통은 '편지는 이오라가 쓴 것'이라고 판단할 것이다.

레오는 이오라에게 물어봐서 정답—편지는 웰미가 쓴 것이라는 사실—을 알고 있지만, 모르는 사람은 알아차리기 힘들다.

"편지에는 언니와 동생의 리포트가 바꿔치기됐다는 내용도 있었어. 필적이 아니라 내용에 주목해서 진짜로 편지를 보낸 사람이 누구인지 모른다면 속을지도 몰라."

"이오라가 편지를 보내서, 웰미를 포함한 가족 전체를 고발한 것처럼 보이겠군."

"두 사람 사이에 불화는 없는 게 맞지?"

"이오라의 말을 믿는다면 맞아. 그리고 웰미는 내 정체도 소문내지 않았어."

"즉, 이 리포트를 작성하는 단계부터 '편지의 주인을 이오라로 오해하게 만드는 것'까지 전부 계획하고 있었다는 뜻인가."

—재미있군.

과거에 딱 한 번 만난 소녀를 떠올리고 에이데스는 기분이 좋아졌다.

그 탐색하는 듯한 주홍색 눈동자. 생각해 보면 에이데스가 영애에게 흥미를 느낀 건 그때가 처음이었다.

그리고 그녀의 목적은.

"웰미는 자신까지 포함해 단죄당하는 것을 바라고 있어."

"뭐?"

레오는 의아한 표정으로 에이데스를 응시했다.

"자신까지 포함해서? 그게 무슨 말이야?"

"몰라서 물어? 편지의 주인을 이오라로 오해하게 만든다는 건 그런 뜻이잖아?"

자신을 희생하는 한이 있어도 이오라를 구하고 싶다는 의지가 거기에는 담겨 있었다.

"웰미는 그렇게까지…."

레오가 충격받은 것처럼 눈을 크게 뜨는 한편, 의자 등받이에 몸을 기댄 에이데스는 더 진하게 미소 짓는다.

"난 그녀의 계획에 동참해도 좋다는 생각이 들기 시작했어. 물론 고발 자료의 내용에 달렸지만."

아직 클라테스를 만나러 가지는 않았다.

그의 치유원 주소가 자료에 기재되어 있었으니까, 거의 확실하게 자료를 맡긴 상대는 그 사람이겠지만.

"참, 그리고 편지에는 '이오라와 약혼해 그녀를 집에서 데리고 나와 주는 것'이 고발 자료를 건네주는 조건이라고 적혀 있었어."

"뭐…?!"

깜짝 놀라는 레오를 즐거운 얼굴로 바라보면서, 에이데스는 능글능글하게 말을 잇는다.

"난 네가 좋아하는 여자를 빼앗을 만큼 파렴치하진 않아. 계획에 동참한다고 해도 방향은 조금 바꿀 생각이야."

"…어떻게?"

이오라를 좋아하는 게 뻔히 드러나서 본인도 숨길 생각은 없었겠지만, 그래도 얼굴을 붉힌 레오를 보고 에이데스는 미소를 지었다.

"웰미가 내가 생각한 것과 같은 여자라는 전제하에, 이오라가 너에게 전달한 의도에 따르자면… 웰미를 내가 데려오게 되겠지."

"…뭐?"

어안이 벙벙해진 레오의 모습에 에이데스는 유쾌한 기분을 억누르지 못하고 창밖으로 눈길을 던졌다.

"일단 이오라를 데리고 나오기 위해 약혼할 필요는 있겠지만 말이야. 난 언니를 위해 나까지 이용하려 드는 기개를 가진 웰미를 원해."

"…그런 거라면 내가 이오라와 약혼해도…."

"너는 웰미에게 인정받지 못했어. 계획에 동참한다면, 그 부분을 바꿀 생각은 없어. 너 자신이 그녀까지 함께 구해낼 방법이 있다면 제시해 봐."

—왕가의 권세가 아니라, 너 자신의 힘을 그녀에게 보여봐.

말속에 담긴 의미를 깨닫고, 레오는 분한 표정을 지었다.

에이데스의 도움 없이, 왕가의 힘을 사용하지 않고, 그것을 성립시킬 방법은 떠올리기 힘들 것이다. 그렇게 생각했지만.

"…웰미를 증인으로 삼아 입증하겠어. 그러면 그녀의 무죄는 성립될 거야. …왕자라는 입장을 완전히 이용하지 않을 수는 없겠지만."

—흠. 그 이상을 요구하는 건 너무 지나친가.

국왕 폐하에게 직접 도움을 청하는 게 아닌 이상, 크게 트집 잡을 생각은 에이데스에게는 없었다.

"네가 제시한 방법으로는, 이오라와 웰미는 귀족 신분을 잃고 평민이 돼버려. 신분상의 문제로 우리와의 약혼도 불가능해질걸. …이오라를, 영지를 계승하는 여백작으로 인정하게 만드는 데까지 갈 수 있겠어? 그게 가능하다면, 웰미를 설득하는 일 정도는 내가 해주마."

즉석에서 안을 제시한 동생 같은 왕태자에게 만족하면서, 에이데스가 다시 조건을 내걸자.

"할게. 그녀를 위한 일이야. 킬레인 법무경은 내가 설득하겠어."

"합격이야. 그럼 그렇게 움직이도록 해. 난 이오라의 약혼 파기가 성립된 후에, 그녀에게 약혼을 신청할게."

에이데스가 고개를 끄덕이자, 레오는 안도의 한숨을 내쉬었다.

왕족으로서는 아직 감정을 숨기는 게 서툴지만, 총명하게 잘 성장하고 있는 레오를 에이데스는 높이 평가하고 있다.

—그때의 소녀는 과연 어떻게 성장했을까.

이 편지를 보는 한, 그 빛을 잃지 않고 품격 있게 성장한 것 같기는 한데.

그렇게 생각하면서 에이데스는 클라테스에게 만남을 청하는 편지를 써서 봉서하고, 종을 울려 비서를 호출해 편지를 건네주었다.

그리고 기다리고 있던 레오에게 심술궂게 웃으며 질문을 던졌다.

"그래서? 내 친애하는 동생은 대체 어떤 경위로 반려자로 삼고 싶은 상대를 찾아낸 거지?"

※ ※ ※

―아차, 도망칠 타이밍을 놓쳐 버렸다…….

재미있어하는 기색을 숨기지 않는 에이데스의 얼굴을 보고, 레오는 내심 혀를 차면서도 겉으로는 웃으며 대답했다.

"아니, 아니, 나의 친애하는 형님에게 이야기할 만한 특별한 일은 전혀 없었어."

"레오, 내 앞에서 거짓말을 하다니 배짱이 좋구나?"

심술궂은 빛을 띠고 눈매를 좁히는 에이데스의 모습에, 이마에 식은 땀이 나는 것을 억누를 수 없었다.

레오에게 지금까지 약혼녀가 없었던 데는 이유가 있다.

왕태자로 지명된 것은 12살 때의 일.

다른 나라의 왕족 같으면 그 시점에 약혼녀가 있어도 전혀 이상하지 않지만, 아직까지 없는 데는 그럴 만한 이유가 있었다.

첫 번째는, 7살 때까지 레오 자신의 몸이 약했기 때문이고.

두 번째는, 그런 왕자의 약혼이라는 카드를 꺼낼 만큼 내정이 긴박하지 않았기 때문이고.

세 번째로 가장 큰 이유는, 내우외환이 없는 경우, 이 나라의 왕태자가 약혼녀를 결정하는 것은 '귀족학교에 입학할 나이가 된 다음'이라는 관례가 있기 때문이다.

레오는 우수했지만, 병약한 몸 탓에 부왕은 그를 왕태자로 지명하지 않았다.

몸이 건강해졌다고 인정받을 때까지, 그 자리는 공석이었던 것이다.

제2왕자 타이글림은 3살 아래로, 남녀 쌍둥이다.

형제자매는 모두 다섯으로 레오, 장녀, 쌍둥이인 차남과 차녀, 삼남이 있었다.

당시 레오를 제치고 타이글림을 차기 왕태자로 지명하기에는 아직 조금 어렸던 것이다.

또한 공주가 여왕으로 즉위해 우수한 인재를 배우자로 삼는 것도 이 나라에서는 인정되지만, 어지간한 문제가 없는 한, 장남 계승과 남자 계승이 우선시된다.

이유는 분쟁 등을 우려해, 측비나 양자에 대해 회의적인 왕가이기 때문이다.

여왕과 왕비는 건강한 몸으로 여러 명의 자식을 낳는 것이 요구되며, 그렇게 되면 여왕은 일정한 시기에 항시 임신 상태일 가능성이 있어 왕으로서 나라를 다스리는 데 지장을 초래한 예가 있었다.

몸이 아무리 건강해도, 입덧과 아기의 성장은 본인의 의지로는 어떻게도 할 수 없다.

컨디션을 유지할 수 있도록 배려하는 것은 지극히 당연한 이야기지만, 몸이 건강한 편인 어머니조차 세 번째 아이를 잉태했을 때는 입덧이 심해 자리에서 일어나지도 못할 만큼 힘겨워했었다.

따라서 남자 계승이 우선되는 것이다.

대신 왕비에게는 국왕에 버금가는 권한이 주어져, 정식 왕명이라 해도 정당한 이유가 있다면 그것을 거부할 권리가 있다.

만약 예측불능의 사태로 국왕이 쓰러진 경우, 그 대리는 왕자나 재상이 아니라 왕비가 맡도록 정해져 있었다.

레오는 몸이 건강해져서 무사히 왕태자 지명을 받았지만…… 그 후의 약혼녀 결정에 관해서는 난항을 겪었다. 난항이라기보다 후보는 여럿 있었지만, 관례를 방패삼아 결정하지 않았다.

부왕도 굳이 서두르지는 않았고, 레오는 왕비의 권력을 고려해, 가급적 현명하게 자신을 대리할 수 있는 여성을 선택하고 싶었던 것이다.

이것이 임신 적령기가 짧은 왕녀라면 이야기가 다르겠지만, 레오의 나이가 많아도 비가 젊으면 별문제 없고, 외교적인 문제가 생기면 '타국의 공주를 배우자로 맞이한다'고 하는 선택지도 남길 수 있다.

따라서 레오는 현재도 약혼녀가 없다.

동생 같은 왕태자의 그런 사정을 잘 아는 에이데스는 당연하지만 레오가 처음으로 관심을 보인 영애에게 흥미가 있는 것이다.

"성적을 보면 그리 우수하지도 않은 것 같고, 용모에 관해서는 오히려 나쁜 이야기밖에 안 들리던데. 사교계에서도 늘 동생과 비교당하며 벽의 꽃으로 비웃음을 샀다고 들었다만?"

―알면서 하는 말이지? 이건.

에이데스는 이런 녀석이다.

상대를 좋게 생각하면 할수록 놀리는 듯한, 괴롭히는 듯한, 상대의 신경을 긁으며 즐기는 듯한… 그런 측면이 있다.

도를 넘지는 않지만 반대로 관심 없는 상대에게는 극도로 냉담해서, 어쨌거나 '잔혹하고 비정하며 여자를 혐오하고 사교를 싫어하는 마도경 각하'로 이름을 날리고 있는 것이다.

"이오라의 성적과 용모가 출중하지 않은 건, 혈통이 열등한 동생에 대한 배려야."

웰미는 리로우드 가문 혈통의 주홍색 눈동자를 가지고는 있지만, 평민 출신의 어머니를 둔 첩 소생이다.

최근에는 이해의 폭이 넓어졌지만, 기성세대 중에는 아직도 혈통을 중시하는 사람이 많이 있다.

양친 모두가 정통 귀족 혈통인 이오라와는 그런 점에서 비교가 되지 않기 때문에, 만약 이오라가 학업 면에서 두각을 나타낸다면, 외모가 아닌 다른 점을 높이 평가하는 자가 나타날 것이다.

혹은 레오처럼, 이오라가 자신의 진짜 모습을 숨기고 있다는 걸 알아차리거나.

리포트 바꿔치기를 순순히 받아들인 데서도 알 수 있듯이, 그녀는 성적 종합평가에 이르기까지 철저하게 '동생보다 아래일 것'을 스스로에게 요구하고 있었다.

왜 그렇게까지 하느냐고 몇 번인가 물어봤지만, 돌아온 대답은 언제나 똑같았다.

'그 아이가 하려고 하는 일에 지장이 생겨요. 그리고 제가 웰미보다 위가 되면, 양친이 싫어할 거예요. …양친이 저를 혼내면, 그 아이가 슬퍼하니까요.'

그렇게 말하고 쓸쓸하게 미소 짓는 이오라를, 처음에는 이해할 수 없었다.

그 악랄한 웰미가 과연 그렇게 생각할까, 라고.

이오라가 자신의 마음을 지키기 위해 그렇게 믿고 있는 게 아닐까, 라고.

하지만 레오가 웰미에 대해 비판적인 말을 하면 이오라는 그조차도 슬퍼하는 것이다.

처음에는 전혀 이해할 수 없었지만 지금이라면 이해할 수 있다.

"그 두 사람은 사이가 좋다고 하면 어폐가 있고… 서로를 끔찍이 생각하지만, 웰미는 이오라에게 미움받으려고 하고 있다, 라고 하는 게 맞는 것 같아."

"호오, 이유는?"

"양친의 눈을 피하기 위해서야. 그 둘은 자신들이 어떻게 행동해야 양친이 만족하는지 잘 알고 있어. 그걸 알고서 자신의 역할을 연기하는 거지."

"그렇군. 그래서 학대받는 역할을 강요당한 언니를 어떻게든 구해주려고 하는 건가. 갸륵한 이야기로군."

똑같은 내용의 편지 두 통을 손가락으로 쓰다듬고, 에이데스는 미소를 지었다.

—웰미가 어지간히 마음에 든 모양이군…….

만난 적도 없을 것 같은, 접점이 전혀 없는 두 사람인데.

레오가 그렇게 생각하고 있을 때, 에이데스가 다시 다리를 꼬면서 짓궂게 말했다.

"그래서? 이오라 양과 너의 연애 스토리를 아직 못 들은 것 같은데?"

화제를 돌리기란 무리인 듯하다.

레오는 단념하고, 에이데스에게 이야기하기 시작했다.

※ ※ ※

이오라를 만나기 얼마 전.

레오는 귀족학교에 입학할 때 부왕이 했던 말의 의미를 통감하고, 동시에 넌더리를 내고 있었다.

―설마 귀족이란 자들이 이렇게까지 어리석을 줄이야.

라고.

부왕은 일부러 시간을 내서, 레오와 함께 정원을 산책하며 귀족학교에 대해 이야기해준 것이다.

"강의 자체는, 전문성이 높은 강의의 경우 다소 흥미롭기는 하지만, 일반 과목은 전부 이미 배운 것들을 되풀이할 뿐인 따분한 내용일 게다."

"네."

"하지만 귀족학교에 다니는 것은, 앞으로 우리가 얻기 힘든 귀중한 경험을 얻을 좋은 기회가 된다."

"얻기 힘든 경험이란 게 무엇입니까? 폐하."

"너는 뭐라고 생각하느냐?"

그 질문에 레오는 잠시 생각했다.

"……막역한 친구를 얻는 일일까요?"

"정답은 아니다."

부왕의 그 대답은 그것도 중요하겠지, 라는 의미로 들렸다.

동시에 원하는 대답과도 다른 듯했다.

"자유연애의 기회?"

"틀렸어."

이번에는 확실하게 부정당했다.

왕태자가 연애에 빠져 자신의 입장을 위태롭게 만드는 것은 어리석은 짓이다, 라는 의미이리라.

원래 부왕과, 왕비인 어머니는 귀족학교에서 만나 연애결혼을 했다고 들었지만…, 그것은 쌍방에 정략적으로도 이득이 있기 때문이었고, 연애 감정의 유무가 주는 아니다.

"그럼…… 신분의 장벽 없이 사람을 접하는 일일까요?"

"비슷하지만, 아깝게 틀렸다."

표정으로 보건대, 부왕은 레오의 반응을 즐기고 있다.

어쩐지 에이데스와 비슷한 면이 있다고 생각하면서 잠자코 기다리자, 부왕은 말을 이었다.

"신분을 숨기고 다니는 학교라는 곳은."

"네."

"'신분에 의한 차별'이라는 것을 차별당하는 쪽에서 바라볼 수 있는 유일한 기회다."

그 말에, 레오는 조금 생각할 시간이 필요했다.

"……? 그건 신분의 장벽이 없는 것과는 다른 것입니까?"

"완전히 다르지."

레오는 어릴 때부터, 라이오넬 왕가의 마음가짐에 대해 다양한 사람들에게 교육을 받아왔다.

신분에 따른 예법의 차는 있지만, 그걸로 상대를 무시해서는 안 된다고.

"학교생활은 라이오넬 왕가의 성립 과정을 마음에 새기는 데 있어 매우 중요한 경험이다."

부왕은 연못가에서 걸음을 멈추고, 레오의 어깨에 손을 얹었다.

그리고 흐릿하게 보랏빛이 섞인 은빛 눈동자로 뚫어질 듯이 레오를 직시했다.

"잊지 말거라, 레오. 구별은 필요하지만, 차별은 불화를 낳는다. 왕위를 얻기 전, 라이오넬은 평민이든 귀족이든 실력으로 평가했고, 우리는 그들의 도움을 받아 왕가가 되었다."

"네."

그것은 귀에 딱지가 앉을 정도로 들은 이야기였다.

"지금까지도 그들의 도움을 받으면서 동시에 불우함에 시달리는 자를 구하는 일을 우리는 계속해왔고 앞으로도 계속해야만 한다. …그 의미를 이번 경험으로 깊이 이해할 수 있을 것이다."

그것이 부왕의 말이었고.

학교생활을 시작한 지 한 달도 안 돼서, 레오는 그 말을 뼈저리게 이해하고 있었다.

―신분과 외모를 내세워 타인을 무시하는 자들이 너무 많다.

남작가의 차남.

그것이 레오의 가짜 신분이었다.

아주 오래전부터 전해 내려오는, 지금은 제작할 수 없는 변화 마도구로, 레오의 특징적인 보라색 머리카락과 금색 눈동자는 모두 검게 물들여졌다.

그러나 알고자 하는 자는, 알 수 있는 정도의 변장이다.

얼굴은 바꾸지 않았다.

메타모 남작가라는 귀족 가문은 존재하지 않는다.

그리고 학교 측에는 '재학 중인 왕족에 대해서는 불경죄를 묻지 않는다'라는 규정이 있다.

그런 몇 가지 힌트에서 위화감을 느낀 자들이 레오의 정체에 도달할 수 있도록, 일부러 그렇게 만들어져 있었다.

그럼에도 아무것도 알려 하지 않고, 작위만을 앞세워 상대를 무시하고, 강의와 실기에서 레오가 조금만 눈에 띄어도, 열등감을 만회하기 위해 뒤에서 험담을 해대는 것이다.

"가난뱅이 주제에."

"남작가의 아들 따위가."

"분수도 모르고."

라면서.

신분에 의한 차별은 확실히, 상상을 초월하는 어리석은 자의 존재를 극명하게 드러내준다. 이들이 라이오넬 왕국의 미래를 짊어질 자들이라고 생각하면, 나라의 앞날이 근심스러울 지경이었다.

그리고 왕실 사람들과 양친이, 신분을 떠나 그 사람의 실력을 판단하는 일의 중요성을 입이 닳도록 이야기한 것도 납득이 되었다.

—그런 자들이 아랫사람을 정당하게 평가할 리 없어.

그리고 레오가 정체를 밝히면, 손바닥 뒤집듯이 태도를 바꾸어 몰려들 것이다.

마침, 시선 끝에 그런 녀석들이 모여 있는 게 보였다.

웰미 에르네스트.

아바인 슈나이거.

그 두 사람을 중심으로, 학교에서 제일 '남을 무시하는' 데만 열심이고, 악의적인 소문을 만들어내는 데 일가견이 있는 녀석들이다.

오늘도 아바인에게 아양 떨듯이 몸을 밀착하고 거만한 미소를 짓고 있는 소녀에게, 레오는 못마땅한 시선을 던졌다.

─언니의 약혼자에게 저게 무슨 짓인가.

레오가 진심으로 분노를 느끼는 상대 중 한 명이다.

소문이 들어오기 힘든 레오의 귀에까지 악평이 들릴 정도면, 어지간히 몸가짐이 헤픈 여자가 분명하다.

용모는 확실히 아름답다.

플래티나 블론드 머리에 주홍색 눈동자. 고양이 같은 눈동자와, 기가 센 인상의 단정한 미모, 하얗고 고운 피부.

몸에 착용한 장신구도 하나같이 고급스러운 것들이다.

하지만 그뿐이다.

미모를 자랑하는 여자 따윈 지겨울 정도로 봐온 레오에게는, 알맹이 없이 속이 텅 빈 인형은 흥미를 자극하는 존재가 아니었다.

하지만 문득 그 모습을 슬프게 바라보고 있는 헝클어진 회색 머리 소녀의 존재를 깨닫는다.

복도 끝, 좌우를 에워싼 산울타리에 몸이 가려지는 위치에서.

입고 있는 교복은 누군가가 입던 걸 물려받았는지 다 낡아빠진 것.

얼마나 오래 입었는지 색도 다 바래버렸다.

게다가 눈까지 나쁜 모양인지 무거워 보이는 투박한 안경을 쓰고, 팔에는 두꺼운 책을 끌어안고 있었다.

날씬하다기보다 부러질 듯 야윈 몸에 창백한 피부.

―몸이 안 좋은 것 아닌가……?

전체적으로 귀족학교에서는 안 좋은 쪽으로 눈에 띄는 차림인 소녀에 대해 레오가 처음 떠올린 생각은 그런 것이었다.

둘 다 상위 클래스라 같은 교실에서 공통수업은 받고 있다.

하지만 별로 의식한 적 없었던 그녀는 자세히 보니 금방이라도 쓰러질 것 같은 모습이었다.

옷차림에 대한 차별의식 같은 건 레오에게는 옛날부터 없었다.

신분뿐 아니라 복장을 이유로, 외모를 이유로, 차별하는 자들도 많기 때문이다.

평민과 다를 바 없는 싸구려 원단으로 만든 교복을 걸친 레오와 마찬가지로 그 소녀 또한 지나가는 다른 학생들에게 비웃음을 사고 있었다.

그리고 그녀의 시선과 그 모습에서 레오는 그녀의 정체를 알아차릴 수 있었다.

이오라 에르네스트.

아바인에게 몸을 밀착하고 있는 소녀, 웰미 에르네스트의 언니였다.

―같은 딸인데도, 상당히 차별받고 있구나.

두 사람은 동갑내기 배다른 자매라고 들었다.

아마 전처의 자식일 이오라는, 집에서 천덕꾸러기 취급을 받고 있는 것이리라.

레오는 그런 그녀에게 흥미를 느꼈다.

하지만 이런 곳에서 똑같이 차별당하고 있는 레오가 말을 걸면 오히려 민폐가 될 수도 있다.

자신이 그런 배려를 하게 될 줄은 이 학교에 오기 전까지는 생각해 본 적도 없었다.

이오라는 약혼자와 배다른 동생의 관계를 어떻게 생각하는지 돌연 눈길을 거두더니 걸음을 옮기기 시작하고….

…레오는 그녀의 아름다운 움직임에 눈이 휘둥그레졌다.

외모에 대한 편견을 걷어내고 보면, 그녀의 동작 하나하나의 아름다움은 완전히 뜻밖이었다.

허리를 곧게 펴고 미끄러지듯 자연스럽고 우아하게 걷는다.

고위 귀족 못지않은, 아니, 거기에 필적할 정도로 우아한 그 모습에 시선을 빼앗겨 눈을 뗄 수 없었다.

고개를 약간 숙인 그녀의 긴 앞머리를 스치는 바람이 살포시 들어 올리자.

그 눈동자가, 보라색으로 물들어 있는 것이 보였다.

"—?!"
화장을 안 하고도 웰미에게 필적할 정도의 미모.

순간, 멈춰 서 있던 레오와, 안경 속 이오라의 눈이 마주쳤다가 이내 스쳐 가고, 앞머리에 다시 눈이 가려진 채 옆을 지나갔다.

─믿을 수 없어.

불과 몇 초.
자신 옆을 스쳐 지나가는 동안 본 이오라의 모습에, 최상급 마력을 숨긴 눈동자 색에 대한 놀라움에 레오는 마음을 빼앗기고 있었다.

─왜 저런 아이가.

초라한 옷차림을 하고 슬픔에 잠긴 눈빛을 하고 있을까.

─궁금해.

급히 돌아본 순간, 레오는 다음 수업의 시작을 알리는 종소리를 듣고 혀를 찼다.
다음은 선택수업이라 그녀는 아마 다른 교실일 것 같았다.

─제기랄!

이제 막 시작된 학교생활에서 벌써부터 수업을 빼먹어서 눈에 띄는 짓을 할 수는 없다.
그녀와 이야기해 보고 싶어 조급해지는 마음을 애써 억누르고 레오는 발길을 돌렸다.

다음다음 날 점심시간 전, 공통수업 때 드디어 교실을 나가는 이오라의 모습을 시야에 포착하고—지금 생각하면 솔직히 스스로도 약간 소름 끼치지만—뒤를 밟았다.

그녀가 향한 곳은 인적 없는 교사 뒤 벤치.

작은 바구니에서 딱딱해 보이는 빵을 하나 꺼내 조그맣게 베어 물면서, 이오라는 책의 페이지를 넘겼다.

레오는 옆 벤치로 다가가, 말을 건넸다.

"실례, 에르네스트 양. 이쪽에 앉아도 될까요?"

가급적 자연스럽게, 우연히 앉으려고 했던 곳에 먼저 와 있던 숙녀를 대하는 것처럼, 말을 건넸다.

이오라는 조금 당황한 듯이 눈을 들어, 틀림없이 자신에게 하는 말임을 확인하고.

놀라움과 함께 약간 조심스러운 미소를 지으면서 조용히 고개를 끄덕이고.

"말을 걸어주셔서 영광입니다, 왕태자 전하."

라고, 그렇게 말했다.

"?!"

레오는, 이오라가 자연스럽게 말한 자신의 정체에 저도 모르게 주위를 살폈다.

눈에 띄지 않도록 은폐마술을 사용 중인 호위들 외에는 아무도 없다.

"죄송합니다…. 부주의했던 걸까요? 호위분들 말고는 마력의 기척이 안 느껴져서…."

이오라가 소심하게 어깨를 떨구고 고개를 숙이자 레오는 당황하며 입을 열었다.

"아니, 상관하지 않는다만… 아니, 상관없지만, 용케 알았군."

'레오'는 굳이 말하자면 자신의 본모습에 가깝지만 가족이 아닌 사람이 '전하'라고 부르면 무심코 왕실 어조가 나와 버려서, 얼른 다시 고쳐 말했다.

"내 연기에 뭔가 부자연스러운 부분이 있었어?"

이오라가 어떻게 알았는지 궁금해 넌지시 떠보자, 그녀는 온화한 얼굴로 단아하게 미소 지었다.

—아름다워.

이토록 세련된 그녀인데도, 의식할 때까지는 전혀 관심을 두지 않았었다.

"아뇨, 메타모 남작 영식님."

"레오라고 불러도 돼. 네 말대로 나는 지금 남작 영식이고, 너는 백작 영애니까."

조금 긴장하면서도, 한쪽 입꼬리를 올리고 장난스러운 미소를 지어 보이자,

이오라의 얼굴에 즐거운 빛이 떠올랐다가, 이내 다시 난처한 듯한, 불편한 듯한 빛으로 바뀌었다.

"하지만…."

"내 정체를 눈치챘다면 너도 아마 알겠지만, 여기서 네가 지나치게 예의를 차리면 내가 조금 곤란해."

힌트를 심어놨다고는 해도, 공공연하게 왕태자임을 드러낼 수는 없다.

아는 사람만 알고 그리고 그것을 소문내지 않을 만큼의 절도 있는 인물을 찾기 위한 변장이니까.

"그러네요······. 알겠습니다, 레오 님."

"님 자도 필요 없어."

"아뇨, 그건···."

"안 될까?"

"···레오."

남자의 이름을 경칭 없이 불러본 적이 없는 모양인지 얼굴을 조금 붉히는 이오라의 모습에 레오는 가슴이 뛰었다.

―귀여워.

"제가 당신의 정체를 알아차린 이유는 조금 비겁하다고 할 수도 있을 것 같아요."

"비겁하다고?"

"네, 그··· 레오의 변화 마술은 저에게는 안 통하거든요···."

그렇게 말한 순간.

주위의 호위들이 술렁거렸다.

그것은 경계.

살기에 가까운 기척을 발산하는 호위들을 자연스럽게 손으로 제지한 레오는, 이오라에게 다음 말을 재촉했다.

"안 통한다는 건, 내 진짜 모습이 보인다는 뜻이야?"

"그렇습니다, 저어, 불경에 해당할지도 모르지만요."

"괜찮아, 이 학교 안에서는 불경죄를 묻지 않는다는 규정이 있으니까."

"알고 있습니다. 하지만 레오 개인의 생각은 별개가 아닐까 해서요…. 저어, 아마 제가 더 마력이 강하기 때문인 줄….."

왠지 어깨를 움츠리는 이오라의 모습을 보고, 레오는 납득했다.

에이데스에게도 이 마술은 통하지 않는다. 금은의 눈동자를 가진 자는 보라색 눈동자를 가진 자 다음으로 강한 마력을 자랑하기 때문에 별로 의식한 적은 없지만, 상위인 자의 눈을 속이는 마술은 간파당하는 경우가 있다는 것은 지식으로서 알고 있었다.

당대에, 공식적으로 보라색 눈동자를 가졌다고 인정되는 사람은 에이데스뿐이다.

"그렇군…. 보라색 눈동자 덕분인가."

그러자 이번에는 이오라가 가볍게 놀란 표정을 지었다.

"그걸 어떻게……?"

"응?"

"제 눈동자가 보라색인 것을….."

레오는 그 말에 가볍게 고개를 갸웃했다.

"며칠 전 복도에서 스쳐 지나갈 때 봤는데, 너 같은 눈동자를 가진 사람은 드물어. 그런데도 용케 소문이 안 났군…. 주위에서 가만히 내버려 두지 않을 것 같은데."

"저희 에르네스트 가문은 친척들과도 교류가 없고, 저는 밖에 나가는 일이 거의 없기 때문에…. 그리고 제 눈동자 색은 아마 세상을 떠난 어머니가 어떤 마술로 의도적으로 숨겨둔 것 같아요."

평범한 사람에게는 파랗게 보인다는 이야기를 듣고, 레오는 납득했다.

"어쩐지……. 그래서였군."

"효과가 떨어진 걸지도 모르겠어요…. 레오 님 말고 제 눈동자를 보라색이라고 말한 사람은 웰미뿐이에요."

"네 여동생이?"

—그야말로 온 학교에 떠들어대고도 남을 것 같은데.

두 사람의 차림새로 짐작건대, 집에서 받는 대우에 차이가 있는 것은 틀림없는 사실이다.

그 자존심 강해 보이는 소녀가 자신보다 아래라고 무시하고 있는 언니가 희귀한 눈동자의 소유자라는 사실이 거슬리지 않을 리 없는데.

웰미의 주홍색 눈동자도 특별한 것이기는 하다.

거기에 관해서도 마음에 걸리는 점이 있지만…, 지금은 이오라가 우선이다.

"혹시 반대야? 그 눈동자 때문에 너는 양친과 그 동생에게 배척당하고 있는 건가?"

그러자 이오라가 슬픈 얼굴로 눈길을 떨군다.

전에 복도에서 본 것과 같은 색조의 표정에, 레오는 고개를 저었다.

"미안해. 조금 무례했군. 너무 개인적인 질문이었어."

"아뇨…. 저어, 양친에 관해서는 눈동자는 관계없고요…. 웰미는 저를 무시하는 게 아니라고 생각해요."

"뭐?"

그것은 단순히 뜻밖인 정도의 이야기가 아니었다.

"하지만 그녀는 네 약혼자와……. 아니, 미안해."

안 된다.

왠지 자꾸 그녀에 대해 알고 싶어서 무례한 질문을 던지고 만다.

미간을 찌푸리고 입을 틀어막는 레오에게 이오라는 슬픈 표정 그대로 입가에만 미소를 지었다.

"사정이, 있습니다. 저어, 부디 웰미를 오해하지 말아주세요….'"

이오라의 말에 고개는 끄덕여 보였지만.

—조사가 필요하군.

지나치게 말라 건강하지 않아 보이는 이오라와, 애지중지 자라서 화려한 분위기의 웰미.

뭔가 문제가 있는 건 분명하다. 레오는 이 잠깐의 대화만으로도 이오라에게 마음이 끌리는 자신을 느끼고 있었다.

만약 뭔가 사정이 있는 거라면 조금이라도 도와주고 싶다고 생각하면서 이오라에게 미소를 지어 보였다.

"내일도 여기서 만날 수 있을까?"

그녀에 대해 더 많이 알고 싶다.

그런 감정을 제대로 잘 숨기고 있는지는 알 수 없지만.

"…네, 기꺼이. 저는 친구가 없으니까요."

얼굴을 발그레 물들이며 그런 대답이 돌아와 레오는 저도 모르게 고개를 돌려 버렸다.

—귀여워.

혼기가 찬 영애에 대해 그런 감정을 느낀 건 처음이었다.

※※※

"그 뒤로 이오라를 만나기 시작해서 많은 이야기를 들었어. 강의와 마술, 가족관계에 대해…. 이야기를 나누는 건 굉장히 즐거웠지만, 그녀의 매력을 접하면 접할수록 에르네스트에 대한 분노는 커졌어. 진짜로 없애버리려고 몇 번을 생각했는지 몰라…."

"어지간히 마음이 끌린 모양이군. 여자에게는 전혀 관심 없었던 동생에게 드디어 봄날이 찾아온 건가."

"당신이 할 말은 아닌 것 같은데."

적어도 겉으로는 상냥하게 대하는 레오와 달리, 이 에이데스라는 남자는 대놓고 '여자를 싫어한다'는 소문이 퍼질 만큼, 여성에게 무관심하게 행동하는 것이다.

"난 어리석은 자들에게 흥미가 없는 것뿐이야. 슬기로운 여자를 좋아하니까."

"…웰미가 슬기로워?"

"슬기로울걸. 만약에 네가 그녀의 입장이라면, 달리 어떤 방법으로 언니를 지킬 수 있었을까? 난 웰미가 언제나 자신이 가진 최선의 패를 선택했다고 생각해."

집에서의 대우.

약혼자 가문의 건.

귀족학교에서의 언니에 대한 태도.

"…다른 사람에게 좀 더 의지해도 괜찮지 않았을까 싶은데."

"누구를 신용할 수 있지? 설마 너, 이오라는 그렇다 쳐도, 네가 웰미에게 의지가 되는 사람이라고 생각하고 있었냐?"

그 말에 레오는 말문이 막혀 버린다.

"…왕태자인 걸 알고 있었다면, 의지할 수도 있잖아."

"넌 웰미에게 뭔가 '의지할 만한 사람'이라는 믿음을 주는 행동을 보이거나 의견을 표명한 적이 있어?"

"…없어."

"그럼 그게 답이야. 적인지 아군인지 모르는 상대에게 패를 보여주는 자를 우리는 바보라고 부르지. 그 점에서 난 웰미에게 선택받은 것 같아서 영광이군."

에이데스는 쿡쿡 웃고 나서, 레오에게 온화한 눈빛을 향했다.

"웰미의 눈에는 안 띄었지만, 너도 이오라에 대해 뭔가 대응을 했겠지? 그것도 다 말해 봐."

이 형님은 모든 걸 알고 있는 모양이다.

레오는 관자놀이를 긁적이고 나서, 자신이 한 일을 열거했다.

"이오라가 누군가와 교류를 가지면 아바인과 웰미가 항상 방해해. 웰미가 방해한 경우는 조사해 보면 전부 문제가 있는 상대였기 때문에 아마 선별이었겠지만."

이오라는 총명하지만 그 불우한 처지 탓인지 힘으로 억누르면 위축되고 마는 일면이 있었다.

그녀의 총명함을 눈치챈 한 영애가 숙제를 떠맡기려고 하는 현장을 목격하고, 제지한 적도 있다.

"처음엔 식사였어. 그녀는 점심시간에 식당에는 갈 수 없어. 웰미가 아바인에게 접근하지 말라고 명령했대. 그래서 점심식사는 집에서 싸 온 빵 한 조각뿐이었어."

한 번은 식당에 갔다가 아바인에게 붙잡혀, 웰미와 비교하는 그의 일장연설을 듣느라 식사도 못 했다고 한다.

그런 일 때문에 웰미는 이오라를 멀리 떼어놓은 것이리라.

"그래서 내 쪽에서 식사를 준비했어. 어차피 난 식사할 때 기미가 필요해서 늘 전용 방에서 먹으니까, 그곳에 그녀를 초대했지."

호위와 마찰을 빚고, 관리자와 갈등을 빚고, 급기야는 부왕과 직접 언쟁을 벌이는 사태로까지 발전한 끝에 얻어낸 권리였지만 그런 사정은 굳이 이오라에게는 말하지 않았다.

오랫동안 굶주려온 탓인지 잘 먹지는 못했지만, 그래도 처음 만났을 때에 비하면 상당히 건강해졌다.

초라한 옷차림을 하는 이유도 듣고 나니 너무 드러내놓고 차려입을 수 없는 사정은 레오도 이해할 수 있었다.

게다가 친모가 걸어놓았다고 하는 마술이 점차 효력이 다해가고 있었다.

그녀의 눈동자가 보라색이라는 사실을 웰미와 레오 이외의 다른 사람이 알면, 그건 그것대로 한바탕 소동이 벌어질 것 같아서 오히려 비슷한 마술을 다시 걸어줬을 정도다.

"그리고 비밀리에 살롱을 열었어. 그 학교에는 비상시 왕족의 탈출을 위해 독립된 비밀통로와 비밀의 방이 여러 개 있어. 그중에 도서관으로 통하는 곳을 새로 꾸며서 신용할 수 있는 자들만을 초대한 거야."

처음에는 웰미가 선택한 칼라 양.

그리고 어느 공작가의 영애를 비롯해 성녀로 선발된 소녀, 소수의 귀족 자녀들, 나중에 입학한 레오의 여동생인 제1왕녀도.

여동생 외에는 전원이 레오의 정체를 꿰뚫어 보고 예의를 지키며 자연스럽게 접촉해온 자들이다.

일단은 웰미의 확인도 받은 것이나 다름없다.

그녀가 멀리하는 인물이라면 반대로 신용할 수 있는 자라고 이오라가 말했기 때문이다.

그 소녀가 어디까지 아는지는 모르겠지만 여전히 레오를 겁쟁이로 평가하고 있다면, 반대로 그가 해온 행동은 들키지 않았다는 뜻이리라.

이오라는 그 살롱 안에서만은 아름답게 차려입고, 조금씩 밝은 미소를 보이게 되었다.

나중에는 머리의 윤기와 피부의 광채가 정말로 누가 봐도 전혀 초라하지 않아서, 레오가 가진 변화의 반지의 효과를 해석해 터득한 '머리카락이 칙칙해 보이는 마술'을 사용했을 정도였다.

그렇게까지 철저하게 모든 걸 비밀에 부쳐둔 것도 '웰미가 곤란해진다', '그 아이도 그 집에서 구해내고 싶다'고 애원하는 이오라를 위해서였다.

레오가 구해주고 싶은 사람은 웰미가 아니라 어디까지나 이오라다.

그렇게 생각하면서 레오는 말을 이었다.

"졸업파티 전에 아바인과 이오라의 약혼을 파기하려는 움직임이 있어. 그리고 웰미와 약혼할 거라고 웰미가 이오라에게 말했대."

"호오, 혹시 졸업파티에서 화려하게 파혼을 선언당하는 건가? 네가 좋아하는 여성은."

"아마 그럴걸. 그리고 이오라도 거기에 응할 거래. …자신이 상처받을 텐데도."

하지만 웰미가 이오라를 구하기 위해 스스로를 희생하려 하고 있다면, 자신도 그 아픔을 받아들여야 한다고 이오라가 말하는 이상, 레오는 물러설 수밖에 없었다.

그런 이오라가 웰미를 소중하게 생각한다면, 그녀도 함께 구하지 않으면 안 된다.

구하기로 맹세한 이상, 그녀가 소중히 여기는 것도 포함해서 전부.

그게 아니라도, 레오와 마찬가지로 이오라를 지키고 있는 웰미는 적이 아니라 동지다.

그녀의 본질이 정말로 이오라가 말한 것과 같은지는, 자신의 두 눈으로 직접 확인할 때까지 믿지 않을 것이다.

거의 확신은 하고 있지만…, 이오라를 두고 경쟁하는 사이이기도 하고 웰미가 자신에게 노골적으로 적의를 드러내는 것을 조금 불만스럽게 생각하고 있었기 때문에.

이오라를 구하는 주인공 자리는 양보하자.

이오라가 가장 고마워하는 대상이 자신이 아니어도 괜찮다.

레오보다 훨씬 오랫동안, 어릴 때부터 그녀를 지켜온 웰미에게는 그럴 자격이 있다.

"난 끝까지 그림자 역할에만 충실할 거야."

"하지만 이오라는 네가 구해주기를 바랄지도 몰라."

부추기는 듯한 에이데스의 미소에, 처음으로 레오는 자신감에 넘친 웃음을 보였다.

"역시 이오라에 대해서는 에이데스보다 내가 잘 아는 것 같네."

"호오?"

"그녀는 이미 내 마음을 받아들이려 하고 있어. 그렇다면 화려한 공훈은 양보할 거야."

그렇게 이야기를 매듭지은 레오는 킬레인 법무경을 만나기 위해 에이데스의 집무실을 나섰다.

"—이오라의 사랑만 얻을 수 있다면, 난 그걸로 충분해."

2. 이오라와 웰미

오르밀라주 후작가의 별저에서 생활하기 시작하고 한 달이 지났을 무렵.

처음으로 이오라 언니가 찾아와주었다.

"…있잖아, 웰미."

"왜? 언니."

어쩐지 기쁜 얼굴로 머리를 빗겨주고 있는 언니가 부르는 소리에, 거울 너머로 눈길을 보냈다.

—아아, 오늘도 아름다워, 언니…!

모든 것이 변해버린, 그 야회의 단죄극.

그때의 화려하게 빛나던 야회용 드레스 차림도 아름다웠지만, 지금처럼 청초하고 어른스러운 느낌의 평상복 차림도 역시 아름다워서, 웰미는 황홀해졌다.

언니는 임시 여백작으로 인정받은 후, 에르네스트 저택으로 돌아갔다.

웰미는 언니의 시녀 올레이아와 집사 골드레이 외에는 그 집의 고용인을 아무도 신용하지 않았기 때문에 언니가 집으로 돌아가는 걸 원하지 않았지만.

에이데스가 즉각 올레이아와 골드레이를 제외한 모든 고용인을 해고하라고 명령하고 자신의 고용인을 몇 명 붙여주었다.

거기에 더해 오르밀라주 후작가의 우수한 비서관 두 명과 레오가 파견한 믿을 수 있는 감독관이 언니의 영지 경영을 보좌해준다고 해서 마지못해 인정한 것이다.

함께 있고 싶은 마음이 언니를 붙잡은 이유였던 건 비밀로 해두었다.

"이 집에서의 생활은 어때?"

언니가 그렇게 물어서 웰미는 저도 모르게 얼굴을 붉혔다.

지난 한 달.

웰미는 넘치도록 애지중지 사랑받았다.

물론 에이데스에 의해.

저택 밖으로 나가는 것은 '지금은 아직 때가 아니다'라는 이유로 허락되지 않았지만, 집무를 보는 시간 외에는, 에이데스는 매일같이 아침저녁으로 웰미와 함께 있어 주었다.

그렇다고 몸을 요구한 것은 아니지만.

아침에는 반드시 그의 품에 안겨 머리에서 목덜미까지 키스 세례를 받고 눈을 뜬다.

아침 식사와 디저트는 에이데스가 직접 "아~" 하면서 먹여주고.

그가 일하러 간 동안, 시녀들이 몸단장을 도와주고 옷 시중을 들어준다.

그 후 조금—아니, 어쩌면 조금이 아닐지도 모르지만—고위 귀족의 숙녀 교육과, 후작가 안주인으로서의 집안 살림과 영지 경영 관련 지식을 주입당하는… 아니, 공부하는 나날.

그리고 점심 식사 후에는 낮잠.

눈을 뜨면 다과가 준비되어 있고, 저녁까지는 자유롭게 시간을 보낼 수 있다.

에이데스는 마도성에 출근할 때도 있고 집무실에 틀어박혀 있을 때도 있지만, 일을 마치고 돌아오면 반드시 웰미를 무릎 위에 앉히고 스킨십을 한다.

저녁은 왕족이나 외국의 중요인사와의 만남을 상정한 테이블 매너 등을 그에게 직접 배우면서 먹는다.

그리고 목욕을 마친 후 잠옷으로 갈아입고 나면, 그의 저녁 반주상에 자리를 함께하거나, 테이블 게임을 하거나, 아니면 그저 마음껏 귀여움 받고 나서 잠자리에 든다.

물론 그런 모든 것들에 관해 웰미에게 거부권은 없었다.

부끄러워하거나 고집을 부리면, 에이데스는 반드시 강권을 발동해 '시키는 건 뭐든지 한다고 하지 않았나?'라고 입버릇처럼 말한다.

—아아, 그 즐거워하는 얼굴이란……!

에이데스의 심술궂은 미소가 떠올라, 웰미는 고개를 숙였다.

어쩌면 사랑받는 게 아니라 농락당하는 게 아닐까 싶을 만큼 부끄러운 일만 요구당하는 느낌이다.

특히 자신이 먼저 키스할 것을 강요당하는 건 아직도 익숙해지지 않아서 떠올리기만 해도 얼굴이 화끈거렸다.

최근에는 집무실에서 일할 때도 웰미에게 동석을 요구해, 조금씩 업무를 떠맡기기도 하고 있었지만, 그러는 동안에도 "귀여워", "너의 글씨는 보기만 해도 기분이 좋아져", "고집 부리는 얼굴도 귀여우니까 그대로 있어", "내가 선물한 머리핀이 덮치고 싶을 만큼 잘 어울려" 등등….

그 능글거리는 웃음과 함께 틈만 나면 낯간지러운 칭찬을 해대는 것이다.

"웰미?"

이 집에서의 생활이 어떠냐는 질문에 대답 못 하고 얼굴이 빨개진 웰미를 보고, 무슨 생각을 했는지 언니가 대답을 재촉한다.

"히, 힘들어…!"

"행복한 모양이구나. 다행이야."

고개를 푹 숙인 채 간신히 대답하자 언니는 들은 건지, 못 들은 건지 기쁜 얼굴로 고개를 끄덕였다.

"아니, 힘들다니까?! 내 말을 똑바로 들어줘!"

"잘 듣고 있고, 잘 보고 있어."

그러면서 기분 좋게 다시 머리를 빗겨주기 시작하는 언니의 모습에, 웰미는 끙~ 하고 신음했다.

—저, 전부 안다는 듯한 얼굴로!

속으로 그렇게 투덜거리지만…, 지금의 생활이 전혀 싫지 않다는 자각은 웰미에게도 있었다.

부끄럽지만.

너무너무 부끄럽지만!

에이데스는 웰미가 싫어할 만한 짓은 일절 하지 않으니까.

너무 행복해서 무서울 정도.

지금의 이 상황도 그렇다.

웰미는 오늘 언니가 온다는 말을 들은 뒤로 조금 무섭다고 생각하면서도 한편으로는 고대하고 있었다.

야회 후에 서로의 마음을 확인하긴 했지만 몇 년 동안이나 대화다운 대화를 나눈 적이 없었기 때문에.

하지만 언니는 변함없었다.

옛날 그대로…, 손잡고 놀던 그 시절 그대로 얌전하고 단아하고 지금도 기쁜 얼굴로 웰미의 머리를 빗겨주고 있다.

언니의 얼굴은 골드레이와 둘이서 잠잘 시간을 쪼개가며 정신없이 일하던 그때처럼 피곤해 보이지도 않아서 안도하고 있었다.

옛날처럼 솔직해지지 못하는 건 웰미 쪽이다.

"…있잖아, 언니."

"응? 웰미."

아까와는 반대로, 웰미가 언니에게 묻는다.

"저기…, 언니는 레오의 어디가 좋아?"

웰미는 에이데스에게 그리고 아까 언니에게도, 레오가 언니를 위해 얼마나 애써줬는지 그동안의 이야기를 들었다.

…웰미 자신도, 어렴풋이 눈치채고는 있었지만, 언니 입으로 직접 듣고 싶었던 것이다.

"꼬집어 말하려니까 어렵네…."

"고민할 정도로 레오에게는 매력이 없구나."

웰미가 일부러 심술궂게 말하자, 볼에 손을 대고 고개를 갸웃하고 있던 언니가 킥킥 웃었다.

"그게 아니라… 전부 좋아."

"……."

물어보기는 했지만, 웰미는 내심 기분이 별로였다.

언니의 행복해 보이는 표정이, 조금 부끄러운 듯 물든 볼이 그것이 사실이라고 말하고 있었기 때문에.

"그분은 공평하고, 성실하고, 상냥하고… 가끔은 조금 어린애 같아서 귀여워."

"…귀여워…?"

그 말은 성인 남성에 대해 조금 실례 아닌가 하고 웰미는 생각했지만, 그다음에 이어진 말을 들으니 점점 더 미간에 주름이 잡히고 말았다.

"응, 그런 면이 조금 웰미랑 닮은 것 같아. 영리하지만, 조금 어리광쟁이 같은 면도 그렇고."

"또, 똑같이 취급하지 마!"

"물론 완전히 똑같지는 않아."

뾰로통한 얼굴을 하는 웰미에게 마치 "바로 그런 면이 말이야"라고 말하고 싶은 얼굴로 언니가 볼을 콕콕 찌른다.

공평하고 상냥하고.

하지만 어린애 같은.

"……어이, 너도 살롱에 올래? 이오라도 있는데."

어느 날 학교에서 레오가 그렇게 말을 걸어온 일을 웰미는 떠올렸다.

굉장히 싫은 얼굴로 그렇게 권한 것이다. 그것은 마침 언제나 슬프고 괴로워 보이던 언니의 분위기가 달라지기 조금 전의 일이었다.

"내가 왜?"

"아바인은 안 부를 거야."

"…내가 왜 겁쟁이라서 마음에 안 드는 사람이 있는 곳에 가야 되는데?"

그때는 그렇게 말하고 거절했지만.

레오는 아마 언니와 웰미를 함께 있게 해주려고 한 게 분명하다.

—실은 웰미와 언니의 사이가 나쁘지 않다는 사실을 그는 알고 있었던 것이다.

　어떻게 알았는지에 대해선 일부러 생각하지 않고 있었다.

　아바인과 언니가 마주칠 기회는 조금이라도 줄여놓고 싶었고 언니에게 웰미의 본심을 들켰다는 걸 인정하기가 무서웠다.

　내가 미움받고 증오의 대상이 아니면 파멸 후에 언니가 슬퍼할 테니까.

　실은 가고 싶었다.

　하지만 반목하고 있는 웰미를—싫은 얼굴을 하면서도—불러준 레오의 상냥함도 모른 척해버렸다.

　"웰미는 왜 레오를 싫어해?"

　"그야….".

　예전의 웰미였다면, 아마 말하지 않았을 것이다.

　하지만 에이데스에 의해 쓰고 있던 가면이 강제로 벗겨지고 충분히 사랑받고.

　호의를 받아들이는 법을 배웠으니까.

　솔직하게 마음을 전할 수 있다는 게 얼마나 기쁜 일인지 알았기 때문에.

　웰미는 말했다.

　"…언니를 뺏기기 싫으니까….".

　에이데스에 대해서는 그렇게 생각하지 않았다.

　그가 언니와 약혼한다면 거기에는 분명히 타산이 있다.

언니의 총명함을 평가한 결과라고 생각했으니까.

하지만 언니를 향한 레오의 마음은 절대로 타산이 아님을 알고 있었다.

아마 사람의 마음을 거침없이 파고드는 그 눈동자로, 명예도 대가도 무엇도 원하지 않는 태도로 언니의 마음을 빼앗아 가리라는 걸 알고 있었으니까.

그래서 싫었다.

웰미의 그런 대답에 언니는 눈이 동그래졌다가… 이내 미소를 지으며 뒤에서 웰미를 꼭 끌어안았다.

"후후…. 레오도 같은 말을 했었어."

"…똑같이 취급하지 마."

"'나는 웰미를 이길 수 없잖아'라고. 둘 다 나에게는 정말로 소중해. 앞으로도 언제까지나."

그 말에 웰미는 손을 올려놓고 있던 드레스의 스커트 자락을 약간 힘주어 움켜잡았다.

그동안 물어보기 두려웠던 말을 용기 내어 물어보기 위해.

"…언니는."

"응."

"나를 처음 만났을 때… 어떻게 생각했어…?"

그 질문은 웰미에게는 지금까지 언니에게 물어볼 수 없는 것이었다.

언니의 친어머니가 세상을 떠나자마자 계모와 함께 집에 들어온 동갑내기 여동생 따위.

아버지가 배신한 증거다.

사바린이 친부가 아니라는 것은 나중에 안 사실.

당시 아무 생각이 안 들었을 리 없다고, 웰미는 그렇게 생각하고 있

었다.

그러자 언니는 살며시 몸을 떼고 난처한 듯 미소 짓더니, 목에 걸린 친어머니의 유품인 목걸이를 손에 꼭 쥐고 대답해주었다.

"정말 귀여운 아이라고 생각했어."

"뭐…?"

"만나기 전에는 긴장했었어. 그 사람이 어머니를 배신한 걸 알고 슬프기도 했지만. …처음 만났을 때 너는 나를 보고 눈을 반짝거렸어. 기억나?"

"와아…. 공주님처럼 예뻐! 네가 내 언니야?!"

그렇게 말했다고.

"사이좋게 잘 지낼 수 있을 거라고 생각했어. 잘 지내고 싶다고 생각했어. …웰미, 피는 안 섞였어도 너는 내 소중한 동생이야."

언니의 그런 상냥한 말에. 웰미는 눈시울이 뜨거워지면서 눈물이 볼을 타고 흐르는 것을 느꼈다.

※※※

조용히 흐느끼는 웰미를 뒤에서 꼭 끌어안고.
나는 그녀의 머리를 쓰다듬는다.

―내가 너에게 얼마나 구원받았는지 너는 모를 거야.

웰미는 아마 전혀 모르고 있겠지.

어머니를 잃고 실의에 빠져 있던 나는 아마 또래에 비해 무척 조숙했을 거라고 생각해.

총명하다는 칭찬은 별로 좋아하지 않았어.

남들보다 일찍 철이 들지 않으면 안 되었을 뿐.

어머니는 자신의 여생이 얼마 남지 않았음을 알고 계셨으니까.

그런 나에게 구김살 없이 환하게, 아이다운 감정을 되찾아준 게 너였어.

호기심 왕성하고, 쉴 새 없이 바쁘게 움직이는 주홍색 눈동자.

햇살을 받으면 영롱하게 반짝이는 플래티나 블론드 머리카락.

까르르 웃으며 내 손을 잡아끌고.

그렇게 정말로 행복하게, 애정 가득한 미소를 지으며 '예쁜 우리 언니', '자랑스러운 언니', '다정한 언니'라고 칭찬해주고.

그런 너야말로 천사 같은 소녀였단다.

어머니를 잃고 슬펐지만 크게 상심하지 않을 수 있었던 것도 아마 네가 곁에 있어주었기 때문일 거야.

정말로 괴로웠던 건 너와 함께 있을 수 없게 된 일.

양친을 자처하는 그 사람들이 어머니의 목걸이를 빼앗아 너에게 주었을 때.

나는 너무나 슬펐지만.

그보다는 너의 망연자실한 얼굴과 여린 마음에 입은 상처가 걱정스러웠어.

있잖아, 웰미.

난 너의 마음을 확실하게 알고 있었어.

그래서 참을 수 없이 괴로웠어.

네가 나를 위해 뭔가를 하려고 할 때마다… 천진한 표정을 가장하면서, 신랄한 제안을 하면서, 슬픈 눈을 하고 있는 게 괴로웠어.

그렇게 애쓰지 마.

난 괜찮으니까.

웰미가 필사적이 되면 될수록, 가면을 쓰는 일에 익숙해지면 익숙해질수록.

너의 진짜 미소를 볼 수 없게 되는 게, 무엇보다도 괴로웠어.

끼니를 거른 배고픔보다도.

실수해서 야단을 맞는 것보다도.

사바린이 나를 죽이려 하는 것보다도 훨씬 괴로웠어.

겉으로는 신랄한 태도를 취하면서 나를 지키려 하는 너의 그림자가 보일 때마다.

그 뒤로 너의 밝은 미소를 볼 수 있었던 건 아바인과의 약혼이 파기되었을 때였고.

진짜 미소를 볼 수 있었던 건 내가 에이데스 님의 집으로 떠날 때였어.

너를 구하지 못했는데 나만 도망쳐야 하는 상황.

필요한 일임을 알면서도 가슴이 천 갈래 만 갈래로 찢어지는 심정이었어.

그게 너의 진정한 바람임을 알고 있었기 때문에 받아들였지만.

그게 아니었다면 나는 무슨 수를 써서라도 일시적으로라도 결코 너의 곁을 떠나지 않았을 거야.

있잖아, 웰미.
나는 처음에 레오를 이용할 작정이었단다.

그렇게 말하면 너는 어떤 얼굴을 할까.
학교 뒤뜰에서 만났을 때, 그를 놀라게 해서 관심을 끌고… 너를 좋아하게 만들어 아바인 옆에서 떼어놓으려고 했었어.
아니면 레오의 동정을 사서 조금이라도 미모를 되찾기 위해 이용하고 아바인이 내 미모를 알아차리고 네 곁을 떠나도록.
왜냐면 너는 나를 위해 싫어하는 상대에게 내키지도 않는 애교를 부리고 있었으니까.
더러운 일을 너에게만 시킬 수는 없다고 생각했어.
하지만 그런 작전은 쓸 수 없다는 것을 금세 알게 되었어.
레오는 아바인과 달리 나를 제대로 봐주는 사람이었으니까.
보라색 눈동자만이 아니라.
네가 나를 지키기 위해 씌워놓은 껍질 속에 있는 나 자신을 주시해줬어.

마음이 아름다운 사람이었어.
웰미만큼이나.

그리고 손을 내밀어줬고.
나는 약해졌어.
이런 사람을 이용하면 네가 그 사실을 알았을 때 분명 슬퍼하고 나를 경멸할 거라는 생각이 들어서… 무서워진 거야.

　그런 탓에 너를 구하는 게 늦어지고 말았을지도 모른다고 정말로 이래도 괜찮은지 고민하고 있었어.

　웰미가 있어준 덕분에 나는 노력할 수 있었는데.

　나는 모두가 칭찬해주는 것처럼 재능이나 상냥함 같은 건 가지고 있지 않아.

　타인을 구하기 위해 자신이 할 수 있는 최선의 방법을 행동으로 옮길 수 있는 웰미가 훨씬 더 뛰어난 사람이야.

　그래도 용기를 쥐어짜 '웰미를 구하는 걸 도와주세요'라고 레오에게 부탁했지만, 곧바로 움직이기는 힘들어서.

　나에게 다가와준 레오의 호의도 받아들일 수 없었고.

　나도 그에게 끌리고 있었지만 네가 불행 속에 있는데 나 혼자만 행복에 몸을 맡기기는 싫었어.

　그래서 너의 계획을 이용하기로 마음먹은 거야.

　데뷔탕트 날, 네가 마도경에게 마음이 끌린 것을 알고 있었으니까.

　너는 분명 그에게 나를 보내려 할 거라고 생각했어.

　왜냐면.

　네가 소중히 여기는 나를 누군가에게 맡긴다면.

　그 사람은 분명 누구보다도 멋진 웰미를 사랑해줄 사람이고.

　웰미가 누구보다도 사랑할 수 있는 사람이라고 생각했으니까.

　사랑하는 웰미.

　행복해진다면 둘이 함께 행복해져야 한다고 나는 그때 결심한 거야.

네가 나를 사랑해준 것처럼 나도 너를 사랑하고 있었으니까.

이렇게 둘이 함께 웃을 수 있는 날이 와서, 정말로 다행이야.

아까 현관 앞까지 배웅해준 귀여운 여동생의 말을 떠올리면서, 나는 문을 향해 걸어갔다.

"언니, …레오랑 행복해야 돼."

"그렇게 말하는 웰미는 지금 행복하니?"

옆에 선 마도경의 얼굴을, 주홍색 눈동자로 살짝 올려다본 후.

귀여운 웰미는 고개를 끄덕였다.

분명 이제 괜찮아.

나는 할 수 없었던, 너의 가면을 벗기고 진짜 너를 사랑해주는 행위를 마도경은 눈 깜짝할 사이에 해냈어.

너의 사람을 보는 눈은 확실해, 웰미.

그런 너를 안심하고 맡길 수 있는 사람을 찾아서 정말로 다행이야.

두 사람의 배웅을 받은 후.

시녀의 안내를 받아 문 쪽으로 향하자, 앞에서 기다리고 있던 레오가 이쪽을 향해 손을 흔들고.

나는 조용히 다가가… 조금 부끄럽지만 그를 포옹해주었다.

"이, 이오라?"

얼굴을 조금 붉히며 당황한 듯이 이름을 부르는 사랑스러운 사람에게 미소를 보였다.

"언니는 나에게도… 언제까지나 소중한 언니야."

울면서 네가 해준 말이 너무 기뻐서.

웰미 앞에서는 애써 참았던 안도의 눈물이 볼을 타고 흐른다.

"왜, 왜 울어? 무슨 일 있었어?"

"응…. 레오?"

"응?"

"웰미가 우리 사이를 인정해줬어."

그렇게 말하자 레오는 눈을 몇 번 깜빡거렸다.

약간 의아한 생각이 들기 시작했을 때 그가 자주 하는 몸짓으로.

의미를 깨달은 레오는 얼굴 가득 미소를 지으며 나를 와락 안아주었다.

"…정말로?! 이오라!"

"응."

'레오랑 행복해야 돼'라고, 웰미는 말해주었다.

"기다리게 해서 미안해."

"겨우 4년이야. 별로 오래 기다리지도 않았어."

"충분히 길어. …고마워 레오."

레오에게는 전부 이야기했었다.

기다려줄 수 있다면 웰미가 행복해질 때까지 기다려달라고.

그 약속을 그는 지켜주었다.

마차 안으로 이동해 손을 꼭 잡고 그의 곁에 나란히 앉으면서 나는 레오에게 말을 건넸다.

"있잖아, 레오."

"응?"

"폐하께서 인정하셔도 다른 사람들은 내가 당신에게 어울리지 않는

다고 생각할 거야."

전 백작가의 영애로 망하는 게 기정사실인 집안의 여백작.

게다가 파혼당한 경력까지 있는 흠 있는 여자에 뒷배도 무엇도 없고 왕가에 아무런 이득도 없는 약혼.

폐하께서 레오에게 말씀하신 것처럼 '자유연애에 빠져 정신 못 차린' 결과인.

왕태자비로 걸맞지 않는다는 목소리는 분명 클 것이다.

하지만 레오는 자신만만하게 웃고서, 황금색 눈을 조금 가늘게 떴다.

"……하지만 이오라는 물러설 생각은 없지? 나도 그래."

내 마음을 잘 알아주는 그 말에 무심코 미소가 번진다.

"응, 그래서… 마도경의 제안을 받아들이려고 생각해."

그는 오르밀라주 후작가에서 최대 융자를 하고 있는 국제 마도연구기구에 입소 자격을 주겠다고 제안해주었다.

마도사 협회가 주관하는 독립재정의 다국적 조직으로, 마도 연구의 최첨단 기구다.

웰미에게 한 약속을, 그도 확실하게 지켜주었다.

하늘이 나에게 준, 남보다 조금 뛰어나다고 하는 재능을 최대한 살릴 수 있는 장소를 마련해준 것이다.

"거기에 소속돼서 성과를 내면 상위 국제 마도사 자격이 주어진대."

그 자격은 협회에서 주는 최고위인 '마도작' 보다 하나 아래인 지위로, 백작 정도에 해당한다고 한다.

자격을 따서 경력을 쌓으면, 고위 마도사나 왕가와의 연줄을 원하는 후작 이상의 명문가에 양녀로 들어갈 수 있도록 힘써준다는 이야기였다.

마땅한 가문이 없으면, 오르밀라주 후작가에서 양녀로 받아들여도 좋다고.

"…시간이 오래 걸리지 않을까?"

"그게 말이지, 마력부담 경감에 관한 졸업논문이 내 거라는 사실이 얼마 전에 증명됐잖아? 논문 자체는 이미 학회에서 인정받은 모양이라… 살롱에서 몰래 시험했던 내용을 이용하면 금방 실용화할 수 있을 것 같아."

그 귀족학교의 살롱에 참가했던 사람들은 모두 굉장히 우수하고 인품도 훌륭했다.

그중에는 교사도 있어서 그들과의 유익한 토론이 아니었다면 얻을 수 없었을 여러 성과는 아직 공표되지 않은 것까지 합쳐 많이 남아 있다.

고대 마도구와 비슷한 효과를 재현해낸 착각마술도 그중 하나였다.

장소와 사람을 준비해준 것은 레오와 웰미.

그 두 사람의 눈에 들었으니까 살롱의 멤버들이 우수한 것은 당연하지만.

"정말로 아무리 감사해도 부족해…."

유통경로와 생산에 대해서는, 오르밀라주 후작가와 칼라의 본가의 협력을 얻어낸 이상, 걱정은커녕 탄탄대로라고 해도 좋을 만큼의 체제를 갖출 수 있다.

"모두가 그걸로 얻어지는 재산권을 라이오넬 왕가에도 일부 넘기는 데 동의해준다면, 이야기가 빠를 것 같은데…."

"그 살롱의 멤버들 중에 그 권리를 주장하는 녀석은 아마 없을걸. 애당초 네가 주체가 돼서 한 일이잖아."

"그런가…."

뭘 해도 아버지에게 공을 빼앗겨왔기 때문에 나는 그런 부분에 대해서는 잘 모르는 편이다.

가까운 사람들이 나에게 '자기 평가가 낮다'고 말해줘도, 별로 실감이 나지 않아서.

"괜찮아. 넌 네가 생각한 대로 하면 돼 이오라가 못 하는 일을 하는 게 내 역할이니까."

―권력은 쓸 수 있을 때 써야지.

그렇게 말하고, 레오가 웃어서.

나는 고개를 끄덕이고, 그에게 몸을 조금 기댔다.

웰미처럼 레오도 아마 모르고 있겠지.

―내가, 그런 당신에게, 얼마나 구원받고 있는지.

3. 마도경의 과거

"…놀랍군…."

불쑥 그렇게 중얼거린 사람은 클라테스 선생님이었다.

그 말에 에이데스가 동의를 표하며 고개를 끄덕였다.

"그렇지? 나도 웰미와 함께 살면서 조금 뜻밖이었어."

클라테스 선생님이 오르밀라주 후작가를 방문해 점심식사를 함께 하게 된 어느 날의 일.

웰미가 친부인 그의 딸로 인정받기 위한 서류에 사인을 하려고 만난 것인데.

에이데스와 나란히 앉은 그는 웰미의 우아한 식사예절에 대해 놀라고 있었다.

"옛날부터 커트시는 아름다웠지만, 고위 귀족의 예법을 이 짧은 기간에 대체 어떻게 익힌 거지?"

웰미가 에이데스의 저택에 들어와 후작가의 안주인으로서 공부를 시작한 지 한 달 반.

에이데스에게는 거의 합격점을 받고 있었다.

클라테스 선생님의 의문에 웰미는 방긋 웃으며 대답했다.

"실은 어릴 때 저와 언니를 지도해주신 가정교사 선생님이 코르웰라 드레스타 백작 부인이셨거든요."

"?!"

클라테스 선생님은 웰미의 말에 입을 떡 벌렸다.

"코르웰라 부인이라면… 현 왕비 폐하의 왕태자비 시절 교육을 담당하셨던…?"

"맞아요."

'드레스타 백작 부인'이라는 성(姓)과 지위는 명예로서 부여된 것.

코르웰라 부인은 독신이지만 숙녀로서, 혹은 교육자로서 모범이 되는 여성에게 주어지는 최고의 지위인 드레스타의 칭호를 현 왕비 폐하에게 하사받았다.

웰미는 최근까지도 몰랐지만 얼마 전 언니가 왔을 때 무심코 화제에 오른 내용이 있었다.

그것은 필요한 공부와 예의범절에 대해 이 집에 온 뒤로 그리 혼나거나 지적을 받은 적이 없다는 이야기였다.

귀족학교 시절 웰미의 성적은 상위권이었지만 그것은 언니의 리포트 덕분이라고 생각하고 있었다.

하지만.

"그것만으로는 상위 클래스에 갈 수 없어, 웰미. 예의범절도, 필기도, 마술도 크게 애먹은 적은 없었지?"

"듣고 보니 그러네. 원래 다 그 정도는 하는 줄 알았는데. 내 주위에 두는 애들은 특별히 머리 나쁜 애들만 골랐기 때문에 예외인 줄 알았지."

"웰미…."

그 말투에 언니는 쓴웃음을 지으며 가르쳐주었다.

"우리를 교육해주신 코르웰라 부인은 굉장히 실력 있는 분이셨어."

라고.

"옛날에 언니의 어머니가 코르웰라 부인과 가깝게 지내셨다고 하는데요, 그 인연으로 제 가정교사를 맡아주신 거래요."

실은 웰미가 아니라 언니를 위해서였겠지만.

원래 남의 집 속사정이 어떤지는 일부러 캐보기 전에는 모르는 일이다.

　고인이 된 에르네스트 전 부인과 '딸이 나이가 차면 잘 부탁해요'라는 약속을 나눴기 때문에, 코르웰라 부인 쪽에서 먼저 그 실력에 비해 터무니없을 만큼 적은 금액에 가정교사로 오겠다고 요청해왔다고 한다.

　부인은, 지금은 체포되어 구금당한 사바린 에르네스트 전 백작이 첩을 후처로 들인 일과 딸을 하나 데려온 일은 알고 있었지만 그 딸이 설마 동갑내기인 줄은 모르고 있었다.

　'에르네스트의 후계자가 될 아이를 교육하고 싶다'라는 편지 내용을 보고, 양친은 웰미의 교육을 그녀에게 맡겼다.

　그 무렵에는 이미 언니는 별채에서 생활하고 있었던 것이다.

　그리고 우정은 돈독했어도 코르웰라 부인은 왕성과 고위 귀족의 가정교사로 바쁘게 일하고 있었고 병상에 있었던 고 에르네스트 부인은 그 시기에 다과회 등에 거의 참석하지 않았기 때문에 그녀는 이오라와 만난 적이 없었다.

　그런 사정을 웰미는 두 사람에게 이야기해주었다.

　"코르웰라 부인도 의아하게는 생각하셨다고 해요. 으음, 제 성적 이야기가 아니라, 이 눈동자 색과 얼굴이 언니의 어머니도, 사바린도 전혀 닮지 않았으니까요."

　어머니 이자벨라와 클라테스 선생님이 나란히 있으면, 웰미의 얼굴은 당연하지만 두 사람과 닮은 모습이다.

　"과연…. 그래서?"

　"코르웰라 부인은 왕태자비에 준하는 교육을 언니와 저에게 해주셨어요."

'예의범절이 세련되고 지식이 많아서 나쁠 건 없어요'라고 코르웰라 부인은 입버릇처럼 말했었다.

어머니가 없다고 그 딸이 무시당하는 일이 없도록, 하는 마음도 있었을 거라고 생각한다.

"그만큼 당연히 엄격한 분이었지만, 이분이라면 언니에게도 같은 교육을 해주실 거라고 생각하고 언니의 별채로 '좌천'시켰어요."

"…네가 그걸 생각하고 실행한 게 언제였지?"

왠지 볼에 경련이 이는 클라테스 선생님에게 웰미는 소리 없이 홍차 잔을 들면서 생긋 웃으며 대답했다.

"12살 때였어요."

"별로 이상한 일도 아니잖아? 클라테스. 웰미라면 그 정도는 해."

에이데스는 즐거운 얼굴로 한쪽 입꼬리를 올렸다.

'좌천'당하고 의문이 해소된 코르웰라 부인이 언니와 많은 이야기를 나눈 결과, 그녀는 비로소 에르네스트 백작가의 집안 사정을 알게 되었다.

"언니에 대한 처우에는 분노하셨지만 그 일에 관해 입을 다무는 대신 언니는 합격점 이상의 예의범절을 익힐 수 있었다고 해요."

그 우아한 예의범절로 인해 레오의 눈에 띄었으니까 세상은 무엇이 좋은 결과를 가져올지 알 수 없다.

자신의 선택이 하나, 틀리지 않았음을 알고 웰미는 매우 기뻤다.

"웰미라면 그 정도는, 이라…. 뭐, 그렇겠지. 자네의 그 엄격한 눈이 인정했을 정도니까."

쓴웃음을 지으며 화제를 돌린 클라테스 선생님은, 그 후 에이데스가 집무를 위해 자리를 뜨자 응접실에서 웰미와 함께 절차를 진행했다.

"자, 이걸 제출하면 너는 정식으로 내 딸로 인정받게 될 거야."

"고맙습니다, 아버지."

아직 조금 부끄럽지만, 웰미는 클라테스 선생님을 그렇게 부른다.

처음 불렀을 때, 그가 굉장히 기뻐해줬으니까.

"응. …웰미, 나는 에이데스도 동생처럼 생각하고 있단다. 너희 둘이 결혼하게 돼서 정말로 기쁘구나."

"…네."

"에이데스는 아마 말 안 하겠지만, 난 네가 에이데스를 이해해줬으면 한다."

수줍어하는 웰미에게 온화한 미소를 보인 뒤, 웃음기 없는 표정으로 클라테스 선생님은 말을 이었다.

해주를 배우던 그 무렵처럼 부드럽고 기분 좋게 귀에 울리는 목소리로.

"에르네스트 부부와 아바인의 형이 확정됐다는 소식은 들었니?"

그 말에 웰미는 고개를 끄덕였다.

"네, 전(前) 아버지는 교수형, 어머니는 귀족의 호적만 남기고 변경의 수도원으로 보내진다고…."

사바린에 대한 양형은 타당하다.

국가 배임에 더해, 정통 후계자인 형의 딸을 살해하려고 했으니까.

어머니에 대해서는 잘 모르겠다.

평민으로 강등되어도 왕도(王都) 추방은 면할 수 없기에 그 나이에 시골의 평민으로 돌아가는 것과 수도원행 중 양자택일이라면 어느 쪽이든 그녀에게는 가혹한 벌이 되리라.

"그래. …평민으로 되돌리는 조치를 취하지 않은 건 내가 원했기 때문이야. …한 번은 사랑했던 사람이니까."

조금 슬픈 눈빛이 된 클라테스 선생님에게, 웰미는 뭐라고 말을 건

네야 좋을지 알 수 없었다.

"…어머니는 저에게는 상냥했어요. 그리고 고용인들에게도…."

"그렇구나."

웰미에게는 야단칠 때는 확실하게 야단치고 칭찬도 해주었다.

태도가 이상했던 건, 언니에 대해서만이었다.

고용인들도 올레이아와 골드레이 외에는 모두 언니에게 냉담했지만 그것은 안주인인 어머니를 흠모했던 것과 관계가 있을지도 모른다.

어머니는 양호원 출신으로, 가난이라면 치를 떨 만큼 싫어하는 느낌이었다.

돈을 물 쓰듯 써댄 건 아마 과거의 고생으로 인한 반동이리라.

"웰미, 너도 조금이라도 좋은 걸 몸에 걸치도록 하렴. 돈 걱정은 안 해도 되니까, 네 것을 많이 사두도록 해."

그런 식으로.

어머니는 웰미에게 가난한 생활은 시키지 않겠다고 작정한 게 분명했다.

그래서 태어날 때부터 귀족영애로 금이야 옥이야 자랐을 언니를 미워한 게 아닐까 생각하고 있었다.

하지만 웰미에게는 어머니를 동정하는 마음은 없다.

이유가 무엇이든 언니를 학대한 건 사실이고, 언제부턴가 웰미는 자신의 가족은 언니뿐이라고 생각하고 있었으니까.

"아바인은 벌금으로 끝났죠……."

"그래, 전하께서 자신에 대한 불경죄에 그렇게까지 무거운 처벌은 원하지 않으셨던 것 같아. 아무리 법 규정에 의한 것이라도 너는 눈감아주고 아바인만 추방하거나 처형한다면 안 좋은 소문이 퍼질 수 있으니까. …그리고 슈나이거 백작가 자체는 부정을 저지르지 않았다고 하는구나. 차남은 별로 뛰어난 것 같지 않지만, 당주와 장남은 꽤 우수한 모양이야."

쓴웃음을 짓는 클라테스 선생님을 보고 웰미는 놀랐다.

부드러운 말투이기는 하나 누군가를 부정하는 말을 들은 것은 처음이었기 때문이다.

실제로 클라테스 선생님은 본인을 배신한 어머니에 대해서도 말을 아끼고 있었으니까.

"아바인에게는 신랄하시네요?"

"그럴 수밖에. 이자벨라도 그렇지만…, 내 딸과 딸의 소중한 언니를 괴롭힌 원흉이니까. 젊은 여성의 입장에서는 근거 없는 험담이나 욕설, 자신과 관계없는 범죄행위보다는 원하지 않는 스킨십이 훨씬 싫을 거라고 생각한다만."

그 말에 이번에는 웰미가 쓴웃음을 짓는다.

"저는 자청해서 몸을 맡긴 거예요."

"그래도 너희의 상황을 좀 더 일찍 알았더라면 내가 나설 수도 있었어. 그랬으면 너를 지킬 수 있었을 텐데."

"아버지 책임이 아니니까 신경 쓰지 마세요. 그리고 아마 아버지가 나선다고 하셨어도 제가 거절했을 거예요. 그러면 언니를 구하기 위한 계획이 틀어지고 마니까요."

결국 언니와 웰미, 둘 다 살기 위해서는 그 방법밖에 없었다고 생각했다.

레오도, 클라테스 선생님도, 언니와 웰미 자신도, 다른 사람들도.

각자 선(線)으로는 이어져 있지만 그것이 면(面)이 되기 위해서는 웰미가 에이데스에게 보낸 고발 편지가 필요했으니까. 그렇게 말하자 납득하지 못하는 얼굴을 하면서도, 클라테스 선생님은 말을 이었다.

"아바인의 처우는, 앞으로 그의 본가에서 어떻게 판단하느냐에 달렸지만…. 뭐, 에이데스가 그를 면회해서 상당히 가혹한 제재를 가했으니까 너와 이오라에게 관여하는 일은 아마 없을 거다."

"그 사람 성격에는 야회에도 못 나올 것 같은데요. 자존심 하나는 무척 강하니까요."

사람들의 수군거림과 비웃음을 가장 못 견뎌할 테니까.

그보다 에이데스가 가했다는 제재의 내용이 궁금했다.

야회에서는 그렇게 말했지만, 일단 무거운 벌을 바라지 않는다는 취지는 전해두었다.

하지만 클라테스 선생님은 제재의 내용에 대해서는 이야기할 생각이 없는 듯, 다른 화제를 꺼냈다.

"그리고 웰미. 아마 에이데스 본인이 이야기하는 일은 없겠지만…, 나는 너에게 에이데스에 대해 이야기해주고 싶구나. 잠시 들어줄 수 있겠니?"

그 말에, 웰미는 클라테스 선생님의 눈을 마주 보았다.

그의 눈은 평소의 온화한 빛이 아닌 깊은 슬픔의 빛을 띠고 있었다.

"에이데스의 비밀인가요?"

"그럴지도 모르지. 하지만 아마 약점은 아닐 거야. 적어도 그에게 있어서는."

"어머, 유감이네요. 하지만 듣고 싶어요."

웰미가 자세를 바로하자 클라테스 선생님은 미소를 지으며 이야기를 시작했다.

※※※

"에이데스가 마도성의 수장 자리에 올라 마도구를 이용한 부정행위에 가혹할 정도로 엄격하게 대처하는 것은, 웰미. …그가 어머니와 누나를 마도구에 의해 잃었기 때문이란다."

클라테스 선생님의 말에 웰미는 놀란 표정을 지었다.

그가 잔혹하고 비정하다고 말해질 만큼 엄격하게 저주의 마도구를 단속하고 그 원리를 규명해 널리 알려온 것은 유명한 이야기지만.

"정확히 말하면 양어머니와 그 딸이라고 해야겠지. 세간에 알려지지는 않았지만… 에이데스는 선대 후작의 '남동생'의 아들이야."

"처음 들어요."

"그래, 대부분의 사람들은 모르는 일이니까. 국가 고위층 중에서도 아는 사람은 극히 일부일 거야."

에이데스의 친부는 영지 운영 보좌관으로 선대 후작을 돕다가, 시찰 중 지진으로 건물이 무너져 목숨을 잃었다고 한다.

"남겨진 아내의 뱃속에는 아기가 있었어. 그리고 태어난 아기는 보라색 눈동자를 가지고 있었지."

"그건…."

웰미의 눈이 놀라움에 커졌다.

그것은 마치 이오라 언니와 같은.

"후작은 남편을 잃은 젊은 미망인에게 물었어. 아이를 키울 것인지, 아니면 없었던 일로 하고 다른 가문에 후처로 들어갈 것인지. …에이데스의 모친이 선택한 건 후자였다고 해."

에이데스를 버리고 다른 집으로.

그래서 그는 선대 후작에게 입양되었다.

"어째서…."

"진실은 결단을 내린 부인밖에 모르는 일이지. 결국 선대 후작은 에이데스를 자신의 아들로 삼아 재능을 보이는 그를 후계자로 지명했어. 그건 장녀가 성인이 되기 직전의 일이었단다. 원래 결혼해서 후작가를 이을 예정이었던 그녀의 심정이 어땠을지는 알 수 없는 일이야. 적어도 그녀 자신은 '어쩔 수 없는 일'이라며 쓴웃음을 지었지만."

한참 어린 남동생에게 모든 걸 빼앗긴 누나.

그리고 자신의 딸이 물려받을 예정이었던 지위를 빼앗긴 선대 후작 부인.

두 사람은 내심 어두운 마음을 품고 있었을까.

"적어도 내가 보기엔 세 사람은 사이가 좋았어. 겉으로만 그랬을 수도 있지만… 마음에 품은 바가 있었다 해도 그것은 아주 작은 감정이었을 거야. 그녀들은 귀족으로서 일류 교육을 받았고 선대 후작도 결코 비인간적인 사람은 아니었어. 엄격한 사람이기는 했지만 처자식도, 동생의 아들도 모두 사랑했단다."

그것을 부숴버린 게 저주의 마도구였다고 한다.

"부인과 딸의 방에 언제부터인가 눈에 띄지 않게 놓여 있던 마도구는 사람의 어두운 마음을 증폭시키는 것이었어. 물론 그건 나중에 안 일이지만…. 동생이라는 오른팔을 잃고 업무에 바빠 집에 거의 없었던 선대 후작은 서서히 변해간 아내와 딸의 모습을 늦게 알아차리고 만 거야."

에이데스는 어떤 의미에서는 학대받았다.

하지만 그것은 처음에는 그를 무시하거나 피하는 정도의 아주 사소한 행동이었다고 한다.

"그녀들이 자신을 싫어하는 이유를 에이데스는 알지 못했어. 하지만 어느 날… 누나가 이야기한 마술의 오류를 무심코 지적했을 때, 그녀가 갑자기 폭발해버린 거야."

저주의 마도구는 정신적인 폭탄과 같은 것이었다고, 클라테스 선생님은 말했다.

"리로우드 가문도 후작가와 교류는 있었지만 그녀들의 방에 들어갈 일은 없으니까 모르고 있었지. 자신을 무시하는 거냐고, 당주 자리를 빼앗아서 좋으냐고, 광기에 휩싸인 누나가 과일 나이프를 휘두르고, 어머니는 난롯불에 달궈진 부지깽이를 집어 들고 에이데스에게 달려들었다고 해."

그리고 신변의 위험을 느낀 에이데스가 마술로 그녀들의 손에서 무기를 쳐내자 바닥에 떨어진 부지깽이에 남아 있던 불티가 맹렬하게 타올랐다.

소란통에 깨져버린, 선대 후작의 컬렉션인 도수 높은 술에 옮겨붙은 것이다.

"삽시간에 부인들의 드레스에도 불이 붙었고, 그녀들은 화염에 휩싸였어. 그 와중에도 에이데스에게 달려드는 그녀들을 어떻게 구할 새도 없이, 거실 전체로 불길이 번지고…. 비명을 듣고 달려온 시종이 간신히 에이데스를 데리고 도망쳤어."

그가 왼손에 항상 장갑을 끼고 있지? 라고 클라테스 선생님은 슬픈 목소리로 말했다.

"네."

잘 때도 벗지 않는 그것을 웰미도 조금 이상하게 생각하고 있었다.

"누나가 달려들 때 입은 화상의 흉터 때문이야. 그 소동 후에 에이데스가 나에게 말해줬단다."

너무나 끔찍한 사건인 데다 그런 일을 저지른 두 사람이 죽었기 때문에, 진실은 은폐되고 부주의로 인한 화재로 사건은 일단락되었다.

결국 마도구를 방에 놔둔 범인은 밝혀내지 못했다고 한다.

"에이데스는 그녀들을 미워하지 않았어. 하지만 저주의 마도구는 진심으로 증오했지."

'어머니도, 누님도 상냥했다'라고.

'정말로 자신을 미워했어도, 그걸 겉으로 드러낼 사람들은 아니었다'라고.

"그때까지도 물론 우수했던 에이데스지만, 그가 여성을 멀리하고, 공부와 마술에만 몰두하기 시작한 건 그때부터야. 나도 양호원 등을 직접 찾아다니기 시작했고, 국왕 폐하는 법 정비에 착수하셨지. …그 사건은 여러 곳에 상흔을 남겼단다."

하지만 클라테스 선생님 자신도 리로우드 가문을 떠났고.

"에이데스가 어떻게 지냈는지 그 후로는 나도 잘 몰라. 하지만 그가 가장 힘들었을 시기에 곁에 있어 주지 못한 게 마음이 아프구나."

회한을 입에 담고, 그는 깊은 한숨을 내쉬었다.

웰미는 마치 자신의 일처럼 그 심정을 알 것 같았다.

왜냐면.

"아버지가 저에게 해주를 가르쳐주신 것도, 그게 이유였나요…?"

"그래, 에이데스가 너희를 구해준 것도 아마 같은 이유일 거야. 더 일찍 알았더라면, 좀 더 의심을 품었더라면, 도움을 청했더라면. 그 사람들은 살았을지도 몰라."

에르네스트 백작가의 경우는 골드레이가 저주의 마도구의 존재를 알아채 주었다.

웰미도 언니를 구하고 싶다고 생각했다.

그래서 클라테스 선생님을 찾아갔고 에이데스에게도 편지를 쓴 것이다.

"너희를 구한다고 해서 죽은 사람들에게 속죄가 되지는 않아. 어차피 자기만족일 뿐이지. 하지만 그런 후회가 있었기 때문에… 에이데스는 마도성의 수장이 되었고, 나는 해주사로서 모두를 구하고 싶다고 생각하게 된 거야."

자신들이 겪은 일과 같은 비극이 조금이라도 줄어들기를 바라면서.

"그러니까 웰미, 너는 정말로 최선의 행동을 한 거야. 에이데스는 네가 자신과 비슷한 상황에서 그걸 타개하기 위해 노력하는 모습이…, 자신이 못 했던 일을 해내려고 하는 웰미가 아마 굉장히 눈부셨을 거라고 생각해."

그래서 마음이 끌렸고, 그래서 구해주었다고.

"너에게 반한 건 아마 진심일 거야. 비록 태도는 그렇지만 어머니와 누나를 잃은 뒤로 너와 있을 때만큼 즐거워하는 모습은 지금까지 본 적이 없단다. 너는 그의 마음까지, 너의 그 행동으로 구원한 거야."

그 말을 들으면서, 웰미는 자신의 감정에 당황하고 있었다.

─뭐지, 이 기분은.

언제나 심술궂은 에이데스.
가끔씩 상냥하게 자신을 바라보는 에이데스.
다정하게 안아주고 머리를 쓰다듬어주는 에이데스.

솔직해지지는 못하지만.
그래도 호의를 한껏 드러내며 기쁜 듯이 웃어주는 에이데스.

여자를 싫어하는 냉혹하고 비정한 마도경은, 웰미 앞에는 없었다.

자신이 그의 마음을 구원했다고 하지만 실제로 어떤지는 잘 모르겠다.

하지만 그토록 완벽해 보이고, 웰미의 생각쯤은 전부 꿰뚫어볼 것 같고, 애정을 듬뿍 쏟아주는 그에게 도움이—비록 모르는 사이에라도—되었다면.

—기쁜 것, 같기도 해.

그저 받기만 한다고 생각했는데.

그렇지 않았음을 알아서 굉장히 기쁘다.

"…고맙습니다, 아버지."

이야기를 들어서 좋았다고 생각했다.

눈시울이 뜨거워져 눈물이 흐르지 않도록 가볍게 눈을 깜박거렸다.

이 저택에 온 뒤로 웰미는 눈물이 많아졌다.

기쁨의 눈물이 더 많지만 에르네스트 가문에 있을 때는 운 적이 거의 없었는데.

"그러니까 웰미, 너도 에이데스에게 애정을 쏟아주렴. 그 아이는 애정을 쏟아줄 사람들을 잃었어. 선대 후작도 바빠서 별로 신경 써주지 못했을 테니까. …그러니까 가능하면 네가 받은 만큼의 애정을 에이데스에게 돌려줬으면 좋겠구나."

"…네."

클라테스 선생님은 만족스럽게 고개를 끄덕이고 몸을 일으켰다.

또 오마, 라고 말하고 그가 돌아간 후, 웰미는 다시 조금 울고 나서.

저녁 무렵, 평소처럼 집무실에서 돌아온 에이데스를 꼭 안아주었다.

"무슨 일이지? 웰미."

"좋아해, 에이데스."

그의 가슴에 얼굴을 묻고, 웰미는 그 등을 힘껏 끌어안았다.

갑작스러운 행동에 당황했는지 조금 경직되었다가, 에이데스는 곧 "이런, 이런" 하고 말하는 것처럼 쓴웃음을 짓고 웰미를 가볍게 안아주었다.

"클라테스가 쓸데없는 이야기를 한 모양이군."

"쓸데없지 않아. 아버지는 중요한 이야기를 해주셨어."

에이데스의 속마음을, 그 행동의 의미를. 잘 이해할 수 있어서… 웰미는 그와 한 걸음 더 가까워진 기분이었다.

착각일지도 모르지만.

"놔주지 않을 거야. …당신이 나에게 싫증을 내도, 헤어져 주지 않을 거야."

"에이데스야, 웰미. 이름을 부르라고 했을 텐데?"

다정하게 머리를 쓰다듬어준 에이데스는 평소처럼 웰미를 안아 올렸다.

"그리고 너에겐 헤어질 권리가 없어. ―웰미 에르네스트는 내 거야."

마치 소중한 보물이라고 말하는 것처럼 그렇게 딱 잘라 말하는 에이데스의 목에.

웰미는 다시 팔을 휘감고, 이번에는 머리를 꼭 끌어안았다.

―자신의 마음이, 조금이라도 에이데스에게 전해질 수 있도록.

4. 어리석은 자들의 말로

—어느 날의 일.

"아바인의 처리 말인데, 웰미는 어떻게 하길 원해?"

"그걸 왜 나에게 물어? 언니의 본질을 알아보지 못한 어리석은 남자에겐 관심 없어."

"본가 쪽은 결백하지만 그놈 자신의 행동을 엄벌하는 정도의 조처는 가능해."

"필요 없어. …언니의 악평을 퍼뜨린 건 화나지만 나도 이용하고 있었으니까."

"그렇군. 그럼 앞으로는 관여하지 못하게 조처하도록 하지."

그런 대화가 에이데스와 웰미 사이에 오간 뒤…, 마도경은 그 길로 귀인옥에 갇혀 있는 아바인을 면회하러 갔다.

※ ※ ※

아바인은 몹시 지쳐 있었다.

귀인옥이라고 해도 방 안에 갇혀 나가지 못하는 경험은 처음이었고, 본가에 대한 조사와 처분이 결정될 때까지는 어떤 접촉도 왕가의 이름으로 금지되어 있었다.

아무것도 모른 채 꼼짝없이 갇혀 있는 것은 상상 이상으로 힘든 일이었다.

　—내가 왜 이런 꼴이…….

　마음속으로 수없이 중얼거려 보지만, 답은 얻을 수 없다.
　그리고 열흘이 넘게 지난 어느 날.
　면회 신청자가 있다는 말을 듣고 향한 곳에, 그 남자가 있었다.
　거만한 태도로 다리를 꼬고 앉은 은발의 남자가 정면의 소파를 향해
앉으라고 턱짓을 했다.

　냉혹하고 비정한 마도경— 에이데스 오르밀라주 후작.

　"너는 불경죄를 저질렀다."
　순순히 자리에 앉자 그는 인사도 없이 대뜸 이렇게 말했다.
　"그 양형에 관해 국왕 폐하로부터 '정상 참작의 여지가 있는지'에 대
한 재량권을 받았다. 내가 이제부터 어떻게 움직일지는 너의 태도에 달
렸다."
　그 말에 아바인의 마음이 무거워졌다.

　—이 남자가 나에 대해 좋게 말해줄 리 없어.

　웰미를 아내로 삼겠다고 선언하고 이오라를 구해준 상대가 아닌가.
　불경죄의 최고형은 공개 처형.
　죽음의 기척이 어깨를 짓누르는 듯한 착각에 온몸이 떨려오는 것을
애써 참는다.

그러나 에이데스는 어깨에 잔뜩 힘을 준 채 경직된 아바인을 향해 가볍게 미소 지었다.

"내가 무서운가? 아바인 슈나이거. …너는 어리석은 자다. 하지만 자신이 처한 상황을 파악하고 눈앞에 있는 상대가 어떤 사람인지를 이해하는 머리는 있는 모양이군."

"……?"

무슨 말을 하는지 잘 알 수 없다.

아바인이 고개를 숙인 채 잠자코 있자, 에이데스는 담담하게 말을 이었다.

"근본적으로 어리석은 자는 예측을 못 하는 법이다. 내가 잘 말해준다고 하면 자신이 얼마나 결백한지, 왜 정상 참작이 필요한지에 대해 열변을 토하기 시작하지."

―무슨 말이지?

아바인은 의아한 생각이 들었다.

그러면 마치 그런 말을 하지 않는 아바인을 '그렇게까지 어리석지는 않다'라고 말하는 것 같지 않은가.

아니면 방심하게 만들어 실언을 유도할 작정인가.

마음을 다잡듯이 깊이 한번 숨을 삼키는 아바인을 보며 에이데스가 즐거운 듯이 쿡쿡 웃고 나서 말을 이었다.

"의심으로 가득한 모양이군. 그래, 너의 행동 자체는 어리석었어. 자신이 원한 약혼녀인 이오라를 무시하고, 악평을 퍼뜨리고, 웰미에게도 미움을 사고 속아 넘어갔지. 급기야 왕태자 전하를 모욕하고 감옥행. 물론 그게 아니더라도 네가 물려받을 예정이었던 에르네스트 백작가는 내실이 전혀 없는 모래 위의 성이었다."

아바인은 그 말에 얼굴과 머리로 피가 쏠리는 것을 느꼈다.

분노인지 수치심인지 스스로도 알기 힘든 감정이었다.

무릎을 잡은 손에 힘이 들어가지만 떨림만은 오기로 애써 억누른다.

"혼자만의 시간을 보내면서 머리는 좀 식혔나?"

에이데스의 말에, 아바인은 잠자코 그의 얼굴을 마주 보았다.

경멸하듯 싸늘한 미소였지만, 그 눈에는 아무 감정도 보이지 않았다.

분노도, 멸시도.

마치 길바닥의 돌멩이를 보는 것 같은 차가운 시선.

"너의 행동이 뭔가 하나라도 달랐다면, 너는 이오라나 웰미를 손에 넣을 수 있었다. 4년 동안 여러 차례 기회가 있었음에도 그 총명한 자매에게 너는 선택받지 못했어. 그게 어떤 의미인지 이해할 수 있겠나? 아바인 슈나이거."

"…나를 비웃으러 온 겁니까?"

마음속 깊은 곳에 꿈틀거리는 것이 있었다.

두 사람의 다양한 얼굴이 뇌리를 스쳐 지나갔다.

오래전, 친어머니의 손에 이끌려 슈나이거 가문에 왔던 이오라와 귀족학교에서 재회했을 때 본 이오라.

학교에 막 입학했을 무렵의, 지금보다 아직 어렸던 웰미와 졸업파티에서 자신에게 애교를 부리며 몸을 기대고 있던 웰미.

반년 후에 나타나 에이데스 옆에 선 아름다운 이오라.

그 야회 회장에서 의연하게 서 있던 웰미.

—나는 뭘 보고 있었지?

　이오라와의 기억은 약혼한 사이였음에도 거의 없었다.
　하지만 웰미는.
　이오라를 본 뒤에 싸운 기억과, 그 야회 때의 기억뿐 아니라… 앙칼진 미소를 짓는 그녀의 평소 모습을 셀 수 없이 기억하고 있다.
　줄곧 함께 있었던 것이다.
　줄곧.
　귀족학교에서 보낸 4년은… 아바인이 그녀와 함께한 4년이었는데.

　—그녀가 선택한 사람은 에이데스였다.

　"웰미를 차지한 자신을 자랑하러 온 겁니까?"
　만약 그렇다고 한다면, 한심한 행동이라고 생각했다.
　그리고 동시에… 그것이 자신이 귀족학교에서 해온 짓임을 깨닫고 다시 마음속 깊은 곳이 꿈틀거린다.
　"너를 비웃거나 자랑하기 위해 내가 일부러 여기까지 올 것 같나? 처음에 말한 대로, 나는 너에 대해 판단하기 위해 왔다. 그 이상의 의미는 없어."
　에이데스의 대답은 어디까지나 담담했다.
　"입학 초에는 너도 그녀들과 마찬가지로 상위 클래스에 있었다지? 아바인."
　질문에는 대답하지 않고, 별로 관계없어 보이는 일에 대해 에이데스가 이야기하기 시작했다.
　"하지만 2학년 이후로 이오라는 눈에 띄지 않게 중위 클래스에, 너는 하위 클래스에 있었다."

"…하고 싶은 말이 뭡니까?"

아바인은 원래 성적이 우수한 편은 아니었다.

공부해도 어차피 작위는 물려받을 수 없다…. 사물을 이해하게 된 나이에는 이미 그런 생각이 마음속에 자리 잡고 있어서 공부에 힘을 쏟지 않았다.

하지만 가문을 물려받을 여자의 집에 데릴사위로 들어가면 작위를 얻을 수 있다.

그리고 어릴 때 본 이오라가 에르네스트 백작가의 후계자임을 떠올리고.

—그래, 나는….

그 아름다운 이오라를 손에 넣고 싶다, 그러기 위해서는 가문을 물려받을 만큼의 실력을 가져야 한다고 생각했다.

'그녀와 약혼하고 싶다'고 아버지에게 청하고.

—결과를 냈던 것이다.

분명 결과를 냈었는데.

"귀족학교에 입학한 후의 네가 왜 어리석은지, 그걸 알겠나?"

"……."

"너에게는 찬스가 있었다. 깨달을 기회도 있었지. 너의 행동 하나로 모든 게 달라질 수 있었다. 귀족학교에서 재회했을 때, 너는 이오라의 초라한 외모를 보고 낙담했다지? 그리고 귀여운 웰미가 다가가자 그녀가 너를 좋아하는 줄 알고 우쭐해졌어. 그리고 약혼녀를 교체해도 가문을 물려받을 수 있다고 자만했다."

"……."

"그 둘은 누구보다도 재능이 풍부해. …그런 그녀들에게 걸맞은 노력을 너는 했나? 이오라와 웰미에 대해 알려는 노력을."

아바인은 아무 말도 할 수 없었다.

했을 리 없다.

했다면, 깨달았다면, 이런 곳에서 에이데스와 마주하고 있지는 않을 것이다.

행동 하나, 라고 아까 에이데스는 말했다.

─둘 중 하나라도 아바인을 단념하지 않을 만큼의 노력을 했더라면.

에이데스의 말이 옳다는 걸 알면서도 인정하고 싶지 않았다.

"여성이 꽃피는 데 남자의 손은 필요 없을지도 몰라. 하지만 어떤 꽃이라도 물을 주지 않으면 시드는 게 당연해."

재회한 이오라가 왜 그렇게 되었는지 생각했더라면.

그녀에게 꽃 한 송이라도 선물하고 에르네스트 백작가에 찾아갔더라면.

"너는 시든 꽃을 보고, 활짝 피어날 미래의 모습을 상상하지 않고 그저 시든 걸 비웃을 뿐이었다."

이오라를 제대로 보려고 노력했다면, 웰미는 어쩌면 아바인에게 접근하지 않았을지도 모른다.

에르네스트 백작가에서 이오라를 빼내는 것뿐이라면, 혹은 그녀의 환경을 개선해주는 것뿐이라면, 약혼자인 아바인이 뭐라고 한 마디 항의만 했어도.

상황은 달라졌을지도 모르는데.

그랬다면 웰미는 아바인을 인정했을지도 모르는데.
"웰미로서도 에르네스트 백작가의 몰락은 피할 수 없었을지도 모르지만, 네가 그녀에게 걸맞은 노력을 했다면 모든 걸 끌어들여 부수려고 하지는 않았을 거다."
웰미가 접근해 온 후에.
우수한 그녀에게 어울리는 남자가 되기 위한 노력을 했더라면.
이오라를 위해 집안은 몰락시켰을지도 모르지만 결혼 직전까지 갔던 아바인을 자신의 반려자로서는 인정했을지도 모른다.
만약에, 만약에, 만약에.
전부 가정이다.

―내가 왜 이런 꼴이?
―버림받는 게 당연해.

그런 상반되는 두 개의 목소리가 마음속에 울리는 것 같았다.
환청뿐 아니라, 현실에 존재하는 에이데스의 목소리도 아바인의 어리석음을 지적한다.
"이해한 모양이군. 너는 아무것도 하지 않았다. 흐린 눈을 하고, 노력을 게을리하고, 현실에 안주했지. 너에게 부족했던 건 노력이다."
높은 곳의 꽃을 원한다면 상응하는 노력을 했어야만 한다고.

"…당신은 했습니까?"

아바인은 에이데스의 눈을 쳐다볼 수 없었다.

이를 악물고 떨리는 목소리로 반발하면서 질문을 던졌다.

―노력 따위는 필요 없을 만큼, 모든 재능을 타고난 주제에.

많은 사람이 한눈에 반할 만큼 아름다운 외모를 가지고.

타고난 강한 마력을 보여주는 보라색 눈동자를 가지고.

라이오넬 왕국의 필두 후작가 후계자로서의 지위에 있고.

돈도, 지위도, 권력도… 웰미의 신뢰마저 쟁취하고, 왕실까지도 자기편으로 두고.

눈앞에 있는 남자에게 끓어오른 질투심이 입에 담게 한 말은.

"당연하지."

그렇게 일축되었다.

"타고난 강한 마력은 마술의 수련 없이는 활용할 수 없어. 많은 지식을 바르게 갖고 있지 않으면 그저 거기에 존재할 뿐인 재능이니까. 내 입장이 마음에 안 드나? 하지만 강대한 권력과 지위를 유지하기 위해서는 그에 걸맞은 능력이 필요한 법이야. 내 얼굴이 마음에 안 드나? 여기에 관해서는 내가 아니라 이오라와 웰미를 생각하는 편이 이해가 빠를 거다."

"…무슨 뜻이죠?"

"너는 아직도 여성이 노력 없이 아름다울 수 있다고 생각하는 건가? 이오라가 꽃피는 걸 보고도?"

그 말에, 아바인은 숨을 삼켰다.

"상응하는 노력 없이, 내면의 빛 없이, 타고난 용모만으로 여성은 결코 아름다워질 수 없다는 걸 너는 아직도 통감하지 못한 건가. 예의범절은 무엇 때문에 있지? 귀족의 우아한 몸가짐은 타고난 것인가? 다 평소의 마음가짐이 있기 때문이다."

남자도 마찬가지라고 에이데스는 말했다.

"아름다움은 얼굴과 외면만을 돈으로 꾸며 얻을 수 있는 게 아니야. 평소의 꾸준한 노력이 아름다움을 뒷받침해주는 것이다. 기사는 왜 검을 잘 다룰까? 평소에 신체를 단련하기 때문이다. 문관은 왜 어려운 문제를 잘 해결할까? 지식을 쌓고, 그것을 활용하기 위해 늘 생각하기 때문이다."

그런 사람이 매력적으로 보이는 이유는.

"부단한 노력 끝에 그것을 얻기 때문이다."

아바인은 아무 말도 할 수 없었다.

"돈도, 지위도, 권력도 그저 장남으로만 태어나면, 혹은 계승권을 가진 영애를 아내로 맞이하면, 윗사람을 제거하면 얻을 수 있다고 생각하는 어리석은 자는 많아. 실제로 그런 경우도 많이 있지만, 그런 어리석은 자가 위에 있으면, 피해를 입는 건 언제나 약한 자들이다."

아무리 똑똑해도 어린 소녀일 뿐 저항할 수단을 갖지 못했던 이오라처럼.

구하고 싶은 사람을 그 자리에서 구할 수 없었던 웰미처럼.

"…너는 상상한 적이 있나? 태어날 때부터 약한 자를 구할 의무와 책임을 짊어진 자의 괴로움을, 그 무게를."

그 말에 떠오른 것은 형의 뒷모습.

형의 유사시에 대비해 공부를 강요당하는 것조차 자신에게는 고통이었는데.

아바인과 달리, 형은 아버지에게 언제나 엄격한 교육을 받고 있었다.

그걸 아바인은 자신과 달리 형은 기대를 받고 있기 때문이라고 생각했지만.

그게 아니라.

태어날 때부터 뭔가를 짊어지지 않으면 안 되는 입장이기 때문에 엄격한 교육이 필요했던 게 아닐까.

…자신 같은 바보로 인해 고통받는 사람을 조금이라도 줄이기 위해.

"나, 는….."

누군가와 어깨를 나란히 하기 위한 노력은 하지 않았다.

손에 들어오면 끝이라고 생각했다.

그 이후가 더 긴데도.

괴로워하는 지금을, 그 긴 시간을 함께 버텨줄 상대가 그 두 사람에게는 필요했는데.

─나는.

"내 생각, 만……."

"그래. 진짜 어리석은 자는 영원히 그걸 깨닫지 못해. 상대 잘못이다, 환경 탓이다, 다른 무언가가 문제다 라고 끝까지 남 탓만 하며 스스로를 돌아보지 않지."

에이데스는 꼬고 있던 다리를 풀고, 몸을 일으켰다.

올려다보자 이쪽을 내려다보는 그의 푸른빛이 도는 보라색 눈동자와 시선이 마주쳤다.

—멋있어.

행동도, 말의 무게도 모든 게 아바인과는 다르다.

비교할 필요조차도 없다.

자신과 나란히 선다면 누구라도 에이데스를 선택하리라.

그걸 진정한 의미에서 이해했다고 아바인이 생각했을 때.

"이해했다면 벌금으로 끝날 수 있도록 조처해주마, 아바인."

그 말에 깜짝 놀라 눈을 크게 떴다.

"어, 어째서…."

"진짜로 어리석은 자는 반성하지 않는다고 말했을 텐데? 비록 잘못을 저지른 상대라도 두 번 세 번 똑같은 잘못을 반복하지 않는 한, 나는 실수를 인정하지 않을 만큼 무자비하지는 않아."

에이데스의 눈은 아까까지는 아무 감정도 떠올라 있지 않은 것처럼 보였지만.

지금 다시 보니, 모든 것을 꿰뚫어 보는 느낌이다.

경멸도 동정도 없이 그저 아바인이라는 한 인간을 보고 있다.

그것은 웰미의 주홍색 눈동자와 매우 비슷한 느낌이었다.

그렇게 생각했을 때.

"웰미가 엄벌을 원하지 않았다. '이용하고 있었으니까 서로 마찬가지'라고 하면서."

그 말에 아바인은 어안이 벙벙해졌다.

"이오라와 웰미의 4년을 짓밟은 일을, 자신의 어리석은 행동을, 돌아보고 반성했다면… 그걸 행동으로 보여줬을 때, 사죄의 기회 정도는 마련해주마. 그때까지는 접촉을 금한다."

아바인은 고개를 숙였다.

―대단해.

확실히 웰미와 자신이 어울릴 리 없다.

반대 입장이라면…, 이 사람과 이야기하기 전의 자신이라면, 분명 아바인과 같은 입장인 상대를 비웃고 냉담하게 뿌리쳤을 것이다.

이런 사람에게 선택받은 웰미는, 이 사람이 인정한 왕태자에게 선택받은 이오라는, 처음부터 자신의 손안에는 없었던 것이다.

자조 섞인 미소를 지으며 자연스럽게 몸을 일으킨 아바인은 나가려고 하는 에이데스에게 깊이 고개를 숙였다.

"감사합니다. 온정에 감사드립니다."

그러자 에이데스가 돌아보고 재미있는 광경을 본 것처럼 웃으면서 한마디만 남기고 나가버렸다.

"―선택받는 남자가 되어라, 아바인 슈나이거."

왠지 울고 싶어졌다.

그후, 보석으로 석방된 아바인은 아버지에게 호되게 꾸지람을 듣고 형에게 늘씬하게 두들겨 맞고 자신의 행운에 감사하라고 거듭 혼났지만.

전처럼 화가 나지는 않았다.

그저 잘못했습니다 라고 연신 사죄하는 아바인의 모습에 뭔가를 느꼈는지 앞으로 어떡할 거냐는 질문이 돌아와서.

"기사단에 들어가고 싶습니다."

그렇게 청했다.
다른 집안의 데릴사위로 들어가도 지금의 아바인은 제대로 영지 경영을 할 능력이 없다.
문관이 되기에는 머리가 부족하다.
하지만 몸을 단련하면서 그동안 소홀히 했던 공부를 하고⋯ 도움이 되는 존재가 되면.
언젠가 누군가에게 인정받을 수 있을지도 모른다고, 그렇게 생각했다. 아바인은 혹독하기로 소문난 남부 변경백 기사단에 들어가기를 희망했다.
아버지와 형이 그걸 받아들여줘서 그는 왕도를 떠났다.
앞으로 에이데스와 웰미, 이오라를 만날 가능성은 한없이 낮지만.
그에게 인정받아 다시 만났을 때, 개과천선한 모습을 그녀들이 한눈에 알아볼 수 있도록.

그리고 성심성의를 다해 사죄할 수 있도록.

※ ※ ※

─내가 왜, 이런 꼴이⋯⋯.

사바린 에르네스트 전 백작은 감옥의 감리관에게 양팔을 붙잡힌 채, 비틀거리며 어두컴컴한 복도를 걸어가고 있었다.

귀인옥에서 작위의 박탈과 함께 언도된 것은⋯ 사형선고였다.

재판도 없느냐고 악을 썼지만, 애당초 이쪽의 변명 따위는 들을 생각도 없었던 것처럼 신속하게 사형이 결정되었다.

─왜⋯⋯.

사바린은 에르네스트 가문의 차남으로 태어났다.

꼬장꼬장한 아버지와 고지식한 형에게 반발해 놀기만 하면서 지냈다.

그런 사바린에게 기회가 찾아온 것은 아버지가 죽고 형이 작위를 이은 지 얼마 지나지 않았을 때의 일.

시찰을 나간 형이 현지에서 사망해 계승권이 굴러들어온 것이다.

친척들은 하나같이 사바린이 작위를 잇는 걸 반대했다.

속에서 울화가 치밀었다.

계승권이 있으니까 계승하는 게 당연하고, 그런 쩨쩨한 아버지와 형보다 자신이 못할 리 없다고 생각했다.

그래서 형수에게 제안을 했다.

형이 '남긴 것'이지만, 친척들에게 동정을 사고 있는 여자.

나에게 협조한다면 네 아이가 태어나면 계승권을 주겠다, 라고 말했는데도, 대답을 쓸데없이 오래 기다려야만 했다.

간신히 백작 자리에 올라 사바린은 만족했다.

하지만 그 만족감은 길지 않았다.

형수는 사바린의 여자가 된 주제에 몸을 허락하지 않았다.

심지어 형의 핏줄이 이미 뱃속에 있으니까 앞으로도 일절 필요 없다고 지껄여댄 것이다.

　얼굴 하나는 반반해서 아내로 삼아줬더니 건방진 데도 정도가 있다.

　기분이 언짢아서 남자들이 좋아하게 생긴 평민 여자가 길거리에 지나가기에 강제로 마차에 태워 별장에서 범해 버렸다.

　그 여자가 이자벨라다.

　처음에는 울부짖으며 저항하던 그녀였지만 이내 얌전해져서 집을 마련해주고 귀여워해 주었다.

　영주의 업무는 전부 형수에게 떠맡겼다.

　아무리 미인이라도 사바린은 건드릴 수 없는 여자에게는 흥미가 없다.

　형수를 강제로 범하고 싶어도, 친척들의 눈초리 이전에 언제나 형수 옆에 붙어 있는 골드레이와 유모 할멈이 방해가 되었다.

　이자벨라도 곧 임신해 크게 즐기지는 못했지만, 그래도 이쪽은 사바린의 자식이다.

　형수가 뒈진 후 귀여운 이자벨라와 자신의 딸인 웰미를 집에 들였다.

　그러자 온 친척들이 '연을 끊겠다'며 들고일어나고, 고용인들도 대부분 그만둬서 남은 사람은 골드레이와 유모 할멈뿐이었다.

　그 할멈도 곧 그만두는 바람에 사바린은 비로소 웰미를 후계자로 삼기 위해 움직이기 시작했다.

　이오라 따위는 빨리 뒈져버렸으면 좋겠는데, 형수보다는 질긴 것 같았다.

　─그년을 학대하자고 먼저 말한 건 이자벨라야….

그 여자의 꾐에 넘어간 것이다.

자신은 아무 잘못이 없다.

하지만 이오라는 정말로 끈질겼다.

아무리 기다려도 뒈질 기미가 없는 게 짜증이 나서, 초조함을 달래기 위해 도박에 손댔다가 돈을 탕진해버렸고 이오라를 죽이기 위해 마도구까지 샀지만 일은 뜻대로 되지 않았다.

자금 융통에 애먹고 있을 때, 당시 아직 자작이었던 슈나이거 가문에서 아바인이라는 차남과 이오라의 약혼을 조건으로 융자를 제안해왔다.

—좋은 제안이다.

이오라는 어차피 곧 죽을 테니까, 상대가 없으면 약혼은 파기될 수밖에 없다.

지금은 눈앞의 돈이 중요하다.

영주의 업무는 전부 도움도 안 되고 목숨줄만 질긴 이오라와 골드레이에게 떠맡기고 있었다.

일가의 당주인 자신이 굳이 책상 앞에 붙어 앉아서 즐겁지도 않은 일을 할 필요는 없다.

그리고 자금 융통에 관해서는, 한 가지 더 생각해둔 바가 있었다.

—그걸 가르쳐준 사람은 골드레이다…….

'이중장부를 만들어 세금을 탈루하면 수중에 돈이 남을 겁니다' 라고.
꼬드긴 그놈의 잘못이다.

형수가 사바린을 농락하지 않고 얌전히 자신의 여자가 됐더라면.

이자벨라가 바람을 피우지 않았다면.

골드레이가 꼬드기지 않았다면.

―전부 그것들이….

그런데 왜 사바린만이 처형당해야 하는가.

불합리한 처사에 분노할 기력조차 없어, 속으로 저주를 퍼부으면서 긴 복도를 빠져나가자 눈부신 햇살 속에 교수대가 나타났다.

눈을 찡그리는 사바린의 처형을 구경하러 온 군중이 환호성을 질렀다.

아니야, 라고 중얼거렸지만 재갈이 물려진 탓에 말은 나오지 않았다.

몸을 비틀며 저항해도, 감리관으로부터 사바린을 넘겨받은 건장한 병사가 눈을 가리고 질질 끌고 가 교수대 위에 세웠다.

―난 아무 잘못 없어……. 그런데 왜.

사바린 에르네스트는 끝까지 자신을 돌아보는 일 없이.

발밑의 받침대가 사라지는 감각과, 목을 홱 잡아채는 밧줄의 무자비하고 단단한 감촉을 느끼면서―.

―영원히 그 의식을 닫았다.

※ ※ ※

사바린이 처형되었다.

그 사실을 전해 들은 이자벨라는 홀로 감옥 안에서 미소 지었다.

―다 끝났다, 이제.

이자벨라의 계획대로.

―길었다.

깊은 한숨을 토하고 영혼까지 빠져나갈 듯한 극심한 탈력감에 사로
잡혔다.

원래 이자벨라는 양호원 출신의 평민이었다.

평생을 평민으로, 성실하고 검소하게 살아갈 거라고 당연히 그렇게
생각하고 있었다.

―클라테스를 만나기 전까지는.

그 무렵 이자벨라는 자신이 나고 자란 양호원의 아이들을 돌보기 위
해 교회에 하녀로 들어가 구호원에서 노인들을 간병하고 양호원에서
아이들을 돌보는 일에 힘을 쏟고 있었다.

거기서 '한 사람, 한 사람의 용태를 잘 봐준다'라고 수녀의 추천을 받
아 이자벨라는 클라테스가 치유를 하기 위해 위문 방문했을 때, 안내를
담당하게 되었다.

그는 신사였다.

상대가 평민이라고 무시하는 일 없이 공평하게 대해주는 온화한 사람.

이자벨라가 그에게 마음이 끌리기까지는 그리 오랜 시간이 걸리지 않았다.

그것은 클라테스도 마찬가지였던 모양으로.

"나와 약혼해주지 않겠습니까?"

그가 아름다운 주홍색 눈동자로 응시하며 그렇게 말해주었을 때는 기뻤다.

하지만.

이자벨라는 그의 마음을 거부했다.

자신이 공작부인의 중책을 감당할 수 있을 리 없으니까.

부모도 없는 데다 재산이 있는 것도, 학식이 있는 것도 아니다.

분명 클라테스에게 짐이 되고 말 것이다.

자신은 그와 어울리지 않는다는 생각을 씻을 수 없어서.

하지만 그는… 공작가를 나오겠다고 말했다.

그렇게 해서라도 이자벨라와 함께 있고 싶다는 그 말에 눈물을 흘렸다.

ㅡ그렇게까지 나를.

그래서 받아들였다.

행복했다.
행복했는데.

이윽고 클라테스와 맺어져, 둘이 함께 살 집을 계약하고, 거리를 걷고 있던 그 날.
그가 '공작가에 이야기를 매듭지으러 간다'며 본가에 간 사이, 그 일은 일어났다.
희망에 부풀어 있던 이자벨라는 자신을 향해 다가오는 마차를 알아차리지 못한 것이다.

그리고 마차에 타고 있던 사바린의 눈에 띄어 강제로 당하고 말았다.

증오스러웠다.
난생 처음으로 사람을 죽이고 싶을 만큼 증오했다.
그리고 무서웠다.
더럽혀진 자신을 클라테스가 경멸할까 봐.
그와 함께 계약한 집을 정리하는 동안에도 줄곧 두려움에 떨고 있었다.
이대로 그에게 끝까지 숨기고 살 수 있을까 하고.
그리고 결정적인 일이 일어났다.
아무리 기다려도 달거리 소식이 없다.

—왜.

왜 지금이란 말인가.

이자벨라는 알 수 없었다.

뱃속에 깃든 생명이 클라테스의 아이인지, 그 역겹고 끔찍한 사바린의 아이인지. 이대로 클라테스와 함께 살다가 낳은 아이가 만약 사바린의 아이라면.

그래서 집을 나왔다.

클라테스가 공작가에 마지막으로 절연 사인을 하러 간 그날, 자신이 가진 돈을 모조리 긁어모아 도망친 것처럼 꾸미고.

그 길로 사바린을 찾아가 첩으로 들어앉았다.

태어난 아기는… 주홍색 눈동자를 가지고 있었다.

안도하는 동시에, 절망했다.

'조상 중에 귀족의 피가 섞인 사람이 있었다' 라는 이자벨라의 말을, 그 멍청한 사바린은 의심하지 않았다.

웰미는 클라테스의 딸.

이 아이는 절대로 불행하게 만들 수 없다.

그래서 본처가 죽은 뒤, 사바린이 이자벨라를 후처로 들이고 싶다고 했을 때, 결심했다.

—가증스러운 사바린의 핏줄을 끊어버리자.

이오라가 사라지고 웰미가 작위를 물려받으면 백작가의 혈통은 끊어진다.

웰미가 커서 후계자가 되고, 행복해지는 모습을 보고 나면… 사바린과 이오라를 죽이고 자신도 죽자, 라고.

오직 그 결의만으로 살아왔다.

─이오라에게는 조금 가혹한 짓을 했구나.

그날 들은, 이오라가 선대 백작의 딸이라는 이야기.
사실이라면 그 아이는 사바린의 딸이 아니니까. 그걸 진작 알았더라
면 웰미가 그토록 따르던 그 아이를 그렇게까지 학대하지는 않았을 것
이다.
그렇다고 후회는 없다.
애당초 그럴 자격은 자신에게는 없다.

중요한 것은 클라테스의 피를 이은 내 딸, 웰미뿐.

그것으로 충분하다.
그 아이가 마도경의 눈에 들었다고 한다.
이오라에게서 빼앗은 아바인을 왠지 좋아하지 않는 것 같았으니까
결과적으로는 잘됐다고 생각했다.
에르네스트 백작가의 안주인으로서 얻은 정보로 마도경이 지금까지
이룩해온 성과와 그 고결한 행적에 대해 웰미에게 이야기해준 사람은
이자벨라였다.
그 아이에게 뭔가 계획이 있다는 건 알고 있었지만 자신의 복수보다
도 훨씬 통쾌한 결말을 준비하고 있을 줄은 상상도 못 했었다.

그날, 모든 걸 잃고 넋이 나가버린 사바린의 얼굴.

웃으면서 모든 걸 말해 버리고 싶은 충동을 억누르느라 몹시 힘들었다.

웰미는 총명한 아이.

바보 같은 자신이 아니라 클라테스를 많이 닮았다.

복수를 결의하고 난 뒤의 인생에서 한 가지 후회가 있다면, 클라테스와는 다시는 만나고 싶지 않았다는 것뿐이다.

이자벨라를 보고 슬픈 눈빛을 하는 그에게 고통을 주고 말았다.

그냥 도망친 게 아니라는 사실을 들키고 말았다.

—하지만.

이자벨라를 어쩔 수 없는 여자라고 생각해준다면 그것으로 충분하다.

애당초 그렇게 생각하게 만들기 위해 도망친 거였고, 그런 여자 때문에 상냥한 그 사람이 마음 아파할 필요는 없으니까.

그러니까, 자신의 생각은 모두 가슴에 숨긴 채.

그날 일어난 일 따위는 아무에게도 말하지 않아도 괜찮다.

앞으로 웰미가 행복하게…, 사이좋게 지내던 이오라와 클라테스와 함께 행복하게 살아가는 데… 어리석은 엄마는 필요 없으니까.

자신이 북쪽의 수도원으로 보내질 거라는 말을 듣고 이자벨라는 고개를 끄덕였다.

사바린과 함께 처형당해도 상관없었지만 왠지 연좌제로 교수대에 오르는 일은 없었다.

이자벨라가 북방행 이송마차에 오르기 위해 감옥을 나서자 거기에는 에르네스트 백작가의 집사인 골드레이가 있었다.

배웅하는 사람은 그 혼자뿐인 것 같았다.

이오라를 뒤에서 도운 그는 계획에 방해가 될 것 같아서 솔직히 눈엣가시였지만, 동시에 그는 사바린을 파멸시키기 위해 웰미에게도 협력하고 있었다.

결국 골드레이가 어떻게 할 작정이었는지는 알 수 없지만.

미소를 지어 보이고, 이자벨라는 입을 열었다.

"배웅해줘서 고마워요."

"과분한 말씀입니다. 마님. …그리고 오르밀라주 후작님의 전언이 있습니다."

"뭐죠?"

포승줄을 끌던 간수가 걸음을 멈춰줘서, 이자벨라도 걸음을 멈추고 질문을 던지자.

골드레이가 전한 그 말에 그녀의 눈이 깜짝 놀라 커진다.

"'클라테스와 웰미에게는 비밀로 해주겠다'라는 말씀이셨습니다."

—어떻게.

오르밀라주 후작은 언제 어떻게 알았을까.

생각해도 답은 나오지 않는다.

하지만 그 전언은 분명 상냥함에서 나온 것이리라.

충격이 가신 후, 이자벨라는 눈시울이 뜨거워지는 것을 꾹 참고 다시 걸음을 옮기기 시작했다.

"고맙다고 전해줄래요?"

"알겠습니다."

두 사람이 후회하지 않도록 이자벨라의 비밀을 지켜준다고 하는 오르밀라주 후작은 대체 어떤 눈을 가지고 있는 걸까.

그리고 골드레이는 어떻게 생각하고 있을까.

알 수 없지만.

—두 사람 모두, 부디 우리 웰미를 잘 부탁해요.

그렇게 마음속으로 기원하면서 마차에 올랐다.

※ ※ ※

"…끝났나?"

집무실로 찾아온 에르네스트 가문의 노집사에게 에이데스는 물었다.

"예, 온정에 감사드립니다."

펜을 내려놓은 에이데스는 고개를 숙이는 골드레이에게 미소를 지으며 물었다.

"웰미와 클라테스가 진실을 깨닫고 물어보면 사실대로 말해줘도 좋아."

"…그런 날이 오지 않기를 바랄 뿐입니다. 마님께서 원하지 않으실 겁니다."

고개를 끄덕여 대답하고 에이데스는 다시 말을 이었다.

"골드레이, 한 가지 물어보고 싶은 게 있는데."

"말씀하십시오."

"자네는 성(姓)이 뭐지?"

"…옛날에는 슈나이거였지만, 지금은 없습니다."

골드레이의 대답에 에이데스는 '역시' 하고 생각했다.

왜 자금 융통에 애먹고 있던 에르네스트 백작가에 슈나이거 백작가가 연결되는가.

그로 인해 공연한 의심까지 사고 말았는데.

게다가 불과 십여 년 전만 해도 눈에 띄지 않는 평범한 자작가였던 슈나이거 가문이 어째서 갑자기 성장해 백작가가 되었는가.

슈나이거 가문에 대해 조사한 뒤로 의문을 품고 있었지만.

"슈나이거 가문은 오래전부터 에르네스트와 관계가 있었나?"

"원래는 그 집을 보좌하는 입장이었습니다. 에르네스트 가문의 유모와 집사는 대대로 슈나이거 가문에서 가장 우수한 자가 선출되었지요. 그때 성을 버리게 되고 슈나이거 가문은 그 다음으로 우수한 자가 계승하게 되어 있었습니다."

"아바인의 약혼자 교체를 인정한 것은 주인 가문을 버렸기 때문인가?"

"…굳이 말하자면, 유일한 정통 후계자인 이오라 님이 지나치게 우수했기 때문입니다."

에이데스는 쿡쿡 웃었다.

"일개 여백작이나 백작 부인에 머물 그릇이 아니라 이건가? 확실히 그렇긴 하지."

사바린이 사라지고 주인 가문에 유일하게 남은 정통 후계자인 그녀가 여백작이 되어 에르네스트 백작가를 계승하는 것보다는, 왕태자비나아가 왕비가 되어 나라를 다스리는 위치에 오르는 것.

그것이 신하인 슈나이거 가문의 뜻이리라.

"사바린 님이 유능했다면, 혹은 후계자가 이오라 아가씨가 아니었다면…, 웰미 아가씨의 계획에 동참하는 일은 없었을 겁니다."

슈나이거 가문은 에르네스트 백작가의 이름이 아니라 그 혈통에 충성을 맹세한 것이리라.

그래서 몰락시켰다.

이오라의 더 큰 비약을 생각하고.

유능한 집사의 배출을 멈추고 슈나이거 가문을 성장시키기로 결정한 것이다.

유사시에 외부에서 이오라에게 손을 내밀어줄 수 있도록.

그렇게 결정한 자는.

슈나이거 가문의 당주에게 그 사실을 전하고 결정하도록 만들 수 있는 자는.

"자네야말로 진정한 충신이군, 골드레이."

"과분한 말씀에 진심으로 감사드립니다."

온화한 미소 속에 감춰진, 눈에 띄지 않게 움직이는 그의 놀라운 유능함.

"골드레이, 에르네스트 백작령의 관리는 슈나이거에게 맡기라고 제언해도 되겠나?"

"제가 관여할 일이 아닙니다. 부디 뜻하는 대로 하십시오."

"자네는 이제 어쩔 셈이지? 이오라를 보좌하기 위해 궁정에 들어가고 싶다면 도와주겠네."

이오라의 측근으로 골드레이를 보내는 것은 그리 어려운 일은 아니다.

예를 들면 레오 전속으로 정무 보좌를 맡겨도 그라면 문제없이 해낼 것이다.

그러나 골드레이는 고개를 가로저었다.

"감사한 말씀이지만…, 그 전에 잠시 휴가를 얻고 싶습니다. 가장 소질 있는 '조카'가 자신의 어리석음을 깨달은 모양이라…"

─직접 지도하고 싶다는 뜻인가.

에이데스는 고개를 끄덕였다.

"변경백에게 편지를 써주지. 어떤 자리가 될지는 모르겠지만… 그래, 가정교사는 어떤가? 기사단 훈련 외에도 배움에 대한 열망이 있다면 돈은 이쪽에서 지불해도 좋아."

"그저 감사할 따름입니다."

어디까지나 정중하게, 깊이 고개를 숙이는 골드레이에게 에이데스는 심술궂은 미소를 지었다.

"은거해도 좋을 나이에 속이 시커먼 자로군, 귀하는."

"드디어 고행을 마치고 재미있는 일을 할 수 있게 됐으니까요."

─노후의 낙입니다.

미소와 함께 그렇게 대답하는 골드레이를 보고, 에이데스는 드물게 큰 소리로 웃었다.

5. 마도경과 악역 영애,
　　왕태자와 신데렐라 〈보너스〉

고결, 이라는 말이 이토록 어울리는 소녀를 에이데스는 그때까지 몰랐다.

강한 의지가 엿보이는, 빛나는 주홍색 눈동자.

도자기처럼 하얀 피부에, 아직은 앳된 티가 남아 있는 얼굴.

아담한 체구와, 사랑스러움을 형상화한 듯한 용모로 화려한 야회의 불빛 속에서 유난히 눈길을 끄는 소녀.

—웰미 에르네스트.

처음 만난 것은 데뷔탕트의 야회.

거듭되는 우연이 아니었다면 만날 일도 없었을 것이다.

어머니와 누나를 광기에 휩싸이게 만든 마도구와 비슷한 물건이 발견되었다는 보고를 받고, 그 소유자가 참가한다고 하는 야회에 마도경의 권한을 이용해 참석했다.

마차에서 내려 입구 주변을 막고 이야기를 나누는 남녀에게 비켜달라고 말하기도 귀찮아서 조금 돌아서 들어갔다.

그렇게 홀에 들어선 순간, 부딪친 것이다.

순간적으로 부축하고 말을 건네자 눈이 마주쳤다.

총명한 빛을 띤 눈동자의 색에 처음에는 놀랐다.

리로우드 가문에 그런 영애가 있었는지 기억을 더듬어 보았지만 기억에 없다.

나이도 어리니까 클라테스가 떠난 뒤에 태어난 영애라면 모르는 게 당연하지만.

하지만 그녀가 곧 나이에 맞지 않게 교태 섞인 미소를 지어서, 몸을 떼었다.

여성의 그런 태도에는 신물이 났다.

오르밀라주 후작가의 혈통이 끊기지 않도록 언젠가는 아내를 맞이해야 한다는 것은 납득하고 있지만, 에이데스가 거기에 염증을 느끼고 있는 것 또한 사실이었다.

인생을 함께해야 한다면 자신과 비슷한 열의를 가진 영애가 좋다.

어머니와 누나를 덮친 비극이 또다시 일어나지 않도록, 저주의 마도구 해주와 박멸에 매진하는 에이데스를 받아들이고 사람들을 구하기 위해 살아가는 것을 이해해주는 상대가.

처음에 느낀 총명함은 착각이었다고 생각할 만큼 웰미는 에이데스가 제일 싫어하는, 지위와 외모밖에 보지 않는 영애의 태도 그 자체였다.

그래서 흥미가 사라졌다.

그 뒤로 잊고 있었다.

―그게 연기였을 줄이야.

겨우 16살밖에 안 된 소녀가, 완벽하게 '세간에서 생각하는 악녀'를 연기하고 있었을 줄 누가 알았을까.

그러나 발신인을 알 수 없는 편지를 받았을 때, 문득 떠올린 것이다.

두툼한 편지의 내용은 매우 이지적이고 정연하며, 동시에 기지 넘치는 대담한 책략에 관한 것이었다.

표면적으로는 단순한 혼약의 타진.

에이데스를 적확하게 칭찬하고, 그가 무엇을 원하는지 이해하고서, 이오라 에르네스트라는 소녀가 얼마나 뛰어난 재원이며, 아내로 맞이하면 얼마나 도움이 되는 존재인지를 설명했다.

편지에 적힌 내용이 사실이라면 그것은 매우 매력적인 제안이었다.

그리고 그 속에 숨겨진 내용은 에르네스트 백작가의 고발.

당주 지위를 찬탈하고, 정통 후계자를 학대하고, 세금을 탈루하고, 영민을 착취하는 그런 현 영주를 어떻게든 끌어내리고 싶다는 내용으로 그 방법까지 명시되어 있었다.

이대로만 하면 모든 게 순조로울 것으로 판단되는 내용.

하지만 이 편지의 진짜 목적은 그게 아니다.

편지의 발신인이 이오라인 것처럼 위장하고 있지만…, 이 편지는 다른 사람이 쓴 게 아닐까, 하고 에이데스는 의심했다.

그때 문득 떠오른 인물이 2년 전에 만난 소녀.

그 주홍색 눈동자를, 뭔가를 탐색하는 듯한 그 빛을 왠지 떠올린 것이다.

그래서 조사했다.

에르네스트 백작가의 부정행위에 대한 증거를 수집하고, 추문을 확인하고, 웰미 에르네스트라는 소녀가 언니의 약혼자라는 청년과 함께 획책한, 졸업파티에서의 어리석은 행동을 알게 되었다.

그녀의 평판은 최악이었다.

좋은 소문은 대부분 웰미의 용모에 관한 것뿐이고, 드물게 그녀가 썼다고 하는 논문과 리포트에 대한 칭찬이 들리는 정도다.

하지만 편지에 따르면 그 논문은 그녀의 언니인 이오라가 쓴 것.

그러나 그 이오라에 대해서도… 이해하기 힘들 정도로 좋은 평가가 들리지 않는다.

—이게 어떻게 된 일이지?

특히 웰미는 리포트 과제 이외의 성적… 지식, 실천, 교양에서도 상당히 좋은 성적을 거두고 있었다. 이러면 마치 의도적으로 평판을 떨어뜨리고 있는 것 같다고 생각하다가, 에이데스는 깨달았다.

—의도적인 것 같은 게 아니라, 이건 명확하게 의도적이군.

자신의 이익을 생각하고 행동한다면, 웰미는 훨씬 잘 처신할 수 있을 것이다.

그 목적이 타인을 위한 것임을 깨달은 시점에, 그녀의 행동 원리가 어디에 있는지는 자명한 일이었다.

가설은 레오에 의해 뒷받침되었다.

웰미는 언니를 지키고 구하기 위해 일부러 악랄하게 행동하고 있다.

—찾았다.

에이데스는 그렇게 생각했다.

줄곧 찾고 있었다고 말할 생각은 없다.

하지만 모든 것이 명백해진 시점에 에이데스는 거의 만난 적도 없는 그녀에게 두 가지 감정을 품고 있었다.

존경과 동경.

웰미에게 느낀 첫인상은 착각이 아니었다.

그 웰미 에르네스트는 에이데스와 같은 미래를 바라보는 소녀였고.
그리고 동시에 에이데스 자신이 이루지 못한 일을 해내는 존재였다.
구하지 못했던 어머니와 누나를 떠올렸다.
에이데스를 결코 무시하는 일 없이, 어릴 때는 애정을 쏟아주었던 그녀들의 태도 변화를 목도하고도 그 이유를 알아차리지 못했던 자신과 달리.

웰미는 지금 그녀가 구하고 싶은 언니를 필사적으로 구하려 하고 있다.

이 편지 속에 숨겨진 의도가 마치 자신의 일처럼 느껴졌다.
"언니를 구해주세요."
"언니는 대단한 사람이에요."
"그런 언니를 당신에게 맡기고 싶어요."

—"왜냐면 나는, 당신도 대단한 사람이고 그런 당신이 반드시 언니를 구해줄 거라 믿고 있으니까요."

편지의 행간에서 그런 목소리가 들리는 것 같았다.

—너의 마음에 응해주마, 웰미 에르네스트.

이 자매처럼, 불합리한 일을 당하는 자에게 손을 내밀어주기 위해 에이데스는 힘을 추구해왔으니까. 그리고 구원의 손길만을 기다리지 않고 직접 행동에 나서 승리를 쟁취하려 하는 웰미 같은 여성의 손을 잡아주기 위해 이 힘은 있는 것이다.

그래서 웰미의 계획대로 에이데스는 이오라를 약혼녀로 맞아들였다.

초라해 보이도록 의도되었을 그녀는 그러나 그 우아한 태도와 본질적인 아름다움을 전부 숨기지는 못하고 있었다.
조용히 곁을 따르는 시녀 한 명과 함께 트렁크 하나만 가지고 나타난 레오의 연인은 에이데스에게 깊이 고개를 숙였다.
"부탁드립니다…. 저는 어떻게 되어도 괜찮아요. 그러니까 마도경, 제발 웰미를 구해주세요."
그것은 후에 웰미가 말한 것과 완전히 똑같은 부탁이었다.
이오라 에르네스트를 직접 만나 확인해 보니 그녀는 편지의 내용대로 다양한 면에서 뛰어난 그러면서도 신중하고 정숙한 소녀였다.
분명 레오의 좋은 반려자가 되어, 국모가 될 것이다.
"웰미를 구하고 싶으면 협조해. 그녀가 원하는 것을 폭로하고… 내 반려자로 맞아들인다."
에이데스가 그렇게 말하자 이오라는 눈물을 흘렸다.

그리고 지금.

웰미는 에이데스의 품 안에 있다.

그토록 과감한 책략을 펼치고 대담하고 악랄하게 행동했던 그녀는, 실제로는 남녀관계에 한없이 순진해서 금세 얼굴이 빨개지는 사랑스러운 소녀였다.

"시키는 대로 뭐든지 다 한다고 했지?" 라고 심술궂게 말하면, 입술을 깨물며 응하려 애쓰는 그 모습이 참을 수 없이 매력적이다.

피곤했던 모양인지 야회 후 잠시 이야기를 나누고 스킨십을 하자 그녀는 이내 잠들어버렸다.

그 볼을 쓰다듬으며 에이데스는 미소 짓는다.

두 얼굴을 가지고 소망을 이룬 웰미.
에이데스가 이룰 수 없었던 일을 이뤄낸 웰미.

―앞으로 마음껏 애정을 쏟아주리라.

그리고 언젠가 이제 막 싹트기 시작한 서로의 마음을, 함께 나누는 관계로 만들어나갈 수 있었으면 좋겠다고 생각했다.

이 세상은 선의로만 이루어져 있지는 않다. 자신의 욕망을 위해, 누군가를 위해. 어떤 목적을 위해… 자신을 높이는 게 아니라, 상대를 깎아내려 이용하려 드는 악의 또한 비슷하게 존재한다.

무언가를, 누군가를 '저주하는' 것은 그런 악의의 가장 큰 발로다.

설령 그것이 극악무도한 자를 처단하고, 누군가를 구하기 위한 것이라 해도. 법에 의거하지 않고 사람을 죽이면, 그것은 세상을 혼란스럽게 만드는 파문이 되어 악의와 복수의 연쇄를 낳는다.

혹은 그 흐름을 끊는 선량한 자가 피해를 입게 된다.

악의는 영원히 없어지지 않는다.

하지만 저주에 의해 강제로 악의를 발현당하는 사람들만은 더는 보고 싶지 않다.

그것은 에이데스에게는 족쇄이자 마음에 박힌 대못이자 그리고 삶의 목적이기도 했다.

웰미라면 에이데스와 같은 방향을 향해 걸어갈 수 있을 거라고, 그렇게 생각한다.

저주에 의해 불행해지는 사람이 조금이라도 줄어들 수 있도록 진력해나갈 수 있다.

―자신의 목숨마저 사랑하는 사람에게 바칠 수 있는 웰미와 함께라면.

맑고 깨끗하면서도 혼탁한 악의마저 의식적으로 이용하는 그녀라면…, 에이데스가 설령 길을 잘못 들더라도 제자리로 돌려놔줄 것이다.

길을 잘못 들지 않도록 서로를 지켜주면 된다.

웰미는 그저 보호만 받을 뿐인 존재로 있는 것을 좋아하지는 않을 테니까.

에이데스도 존경할 수 있는 소녀를 품에 안고 눈을 감았다.

※※※

오르밀라주 별저에서 열린 은밀한 다과회.

"넷이 같이 외출이나 할까? 더블데이트로."

그곳에서 나온 에이데스의 제안에.

웰미와 언니, 레오는 마치 신기한 짐승이라도 본 것처럼 그를 바라본 채 멍한 표정을 지었다.

"…그 반응은 뭐지?"

에이데스는 그런 반응을 즐기는 것처럼 입꼬리를 올리면서, 조용히 홍차를 마셨다.

설마 그의 입에서 그런 제안이 나올 줄은 상상도 못 했던 터라, 웰미는 저도 모르게 물었다.

"열이라도 있는 거야?"

"더블데이트…. 그런 제안이 에이데스의 입에서 나오다니…!"

"데이트…."

경악한 레오의 말에 언니가 얼굴을 붉히고 웰미는 발끈했다.

"아, 알겠다! 언니와 나, 에이데스와 레오라는 의미지?!"

"그럴 리가 있나."

웰미의 독점욕을 알아차리고 에이데스가 어처구니없다는 듯이 한쪽 눈썹을 치켜올린다.

"당연히 나와 웰미, 레오와 이오라지."

"난 반대야!"

웰미는 반사적으로 거부했다.

언니와 레오가 눈앞에서 알콩달콩하는 모습을 보는 건 결코 받아들일 수 없다.

화난 얼굴로 노려보자 에이데스는 쿡쿡 웃었다.

"호오? 하지만 나중에 레오와 결혼하면, 이오라와 마음 편히 외출할 기회가 줄어들 텐데 괜찮겠어? 그 이전에, '뭐든지 시키는 대로 다 한다'는 선언에 반하는 것 같은데."

"윽!"

웰미는 말문이 막혀버렸다.

확실히 왕태자비가 되면 이런 기회는 좀처럼 허락되지 않을 것이다.

언니와의 외출은 지금까지는 할 수 없었다.

레오 따위가 언니와 알콩달콩하는 모습을 봐야 하는 불쾌감과, 자신이 언니와 외출할 수 있는 기회를 저울질하며 진지하게 고민하는 웰미에게 언니가 여전히 얼굴을 붉힌 채 조그맣게 중얼거렸다.

"웰미…, 난 넷이 함께 외출하고 싶어…."

"하자!"

웰미는 그 귀여운 부탁에 바로 무너져버렸다.

—언니가 나에게 뭔가를 조르다니!

레오를 포함시킨 에이데스의 제안은 몹시 마음에 안 들지만, 그건 눈감아주기로 하자.

언니가 원한다면 최선을 다해 이루어줄 뿐이다. 그리고 웰미도 최근에는 별저에만 갇혀 있었기 때문에, 솔직히 바깥나들이는 기쁘다.

에이데스와 함께하는 외출도 처음이고.

"그럼 결정이군. 신작 연극의 티켓을 준비했으니까 그렇게 알아. 이

틀 후야. 그 후의 저녁식사도 레스토랑을 예약해 놨어. 유흥공간이 따로 있어서 보드게임 같은 놀 거리도 풍부한 가게니까 기대해."

"…준비성이 좋네. 하지만 언니와 레오는 시간 괜찮아? 레오는 오기 힘들면 안 와도 돼."

"넌 진짜로 나를 싫어하는구나…. 괜찮아, 무슨 일이 있어도 반드시 시간을 낼 테니까."

"어머, 무리하지 마."

"시끄러워. 너야말로 너무 들떠서 그날 열이라도 나는 거 아냐?"

"내가 무슨 애도 아니고! 절대 아니거든!"

그런 입씨름을 언니는 생글생글, 에이데스는 능글능글 웃으며 듣고 있었다.

※※※

그리고 나들이 당일.

"흐흑…. 윽윽… 흑!"

연극을 보고 나온 웰미는 손수건으로 연신 눈가를 닦지 않으면 화장이 지워질 만큼 오열하고 있었다.

"웰미, 이제 그만 울어. 자꾸 울면 눈 부어. 모처럼 예쁘게 단장하고 나왔는데, 화장이 다 망가지잖아."

"어흑, 하지만…!"

연극의 내용이 굉장히 좋았던 것이다.

언니를 위해 분투하는 동생과, 그 동생을 생각하며 마음 아파하는 언니. 어긋나기만 하던 두 사람이 서로의 마음을 확인한 후, 각자의 반려자와 맺어진다는 해피엔딩 스토리였다.

도중부터 지나치게 감정 이입한 나머지 눈물이 멈추지 않게 되고 만 것이다.

웰미는 오늘 평소처럼 머리를 시뇽(주5) 스타일로 올리고 있지만, 평소와 취향이 약간 다른, 은실 자수가 놓인 진보라색 드레스를 입고 있었다.

왜 이 드레스를 골랐는가 하면, 에이데스와 언니의 색이니까.

두 사람은 머리카락과 눈동자 색조 등이 닮았다.

언니는 각도와 빛의 강도에 따라 까맣게도 보이고 하얗게도 보이는 은발 생머리이고, 에이데스는 완만하게 물결치는 어두운 색조의 은발.

눈동자 색은, 언니는 별을 따다 넣은 것처럼 보석의 광채를 지닌 진보라색이고, 에이데스는 푸른빛이 도는 차분한 색조의 보라색.

오늘은 어느 쪽인가 하면, 언니를 의식해서, 보라색이 강하게 인상에 남는 드레스 차림이다.

모처럼이기도 하고 앞으로 별로 없을지도 모르는 기회라, 언니에게도 주홍색에 백금 자수가 놓인 드레스를 입어달라고 졸랐다.

물론 그것은 웰미의 색이다.

다만 언니와 레오의 관계도 어느 정도 알려진 상태라, 얼굴과 머리를 가리기 위해 얇은 베일로 얼굴을 덮는, 드레스와 같은 색상의 챙 넓은 모자를 쓰고 있었다.

주5) 시뇽: 머리 뒤에서 쪽을 지듯이 말아 틀어 올린 헤어스타일.

"마음에 든 모양이라 다행이군."

에이데스는 기분이 좋은 얼굴이다.

레오도 귀족학교 시절처럼 팔찌로 변장해 검은 머리에 검은 눈동자가 된 모습이다.

왕족의 특징인 보라색 머리카락은 지나치게 눈에 띄니까.

"아니, 진짜로 너무 좋았어…."

그도 웰미만큼은 아니지만 눈에 눈물이 고여, 아까부터 연신 눈시울을 누르고 있다.

그런 레오에게 에이데스가 조금 어처구니없다는 듯이 한쪽 눈썹을 치켜올리고 물었다.

"너는 대체 왜 우는 거냐?"

"이오라가 약혼을 받아들여줄 때까지 고생한 일이 떠올라서…. 그건 오르밀라주 후작가에서 만든 대본이지?"

"뭐? 그런 거야?!"

레오의 충격적인 발언에 웰미는 눈물이 쏙 들어가 버렸다.

"그래, 후작가에서 후원하는 극단에 의뢰한 거야. 너희에 대해 시끄럽게 떠드는 자들을 입 다물게 하려면 이해관계가 없는 자들과 대중을 이쪽으로 끌어들이는 게 가장 빠른 방법이니까."

희미한 웃음을 지으며 순순히 인정하는 에이데스의 말에 웰미는 얼굴이 화끈거렸다.

"그, 그럼 그 연극의 모델은…!"

"당연히 우리지."

"말도 안 돼!!"

민망함의 극치.

감동에 젖어 있던 마음이 삽시간에 부끄러움으로 기울어 버린다.

웰미와 언니는 대외적으로는 몰락 백작가의 영애…. 그것도 당주가 죄를 짓고 처형당해 추문으로 얼룩진 입장이다.

그런 집안의 딸들이 왕태자비에, 외국에까지 영향력이 있는 필두 후작가의 안주인이 된다면 반발이 생기는 것은 당연지사.

―이해하지만. 무슨 말을 하고 싶은지는 알겠지만!

그렇다고 자신들의 사연이 연극의 소재가 되다니 예상 밖인 데도 정도가 있다.

웰미의 등을 토닥거리는 언니도 얼굴이 빨개져 있었다.

결국 마차에 오를 때까지 주위의 시선이 신경 쓰여 고개를 들지 못한 웰미는 에이데스와 둘만 있게 된 순간에 그에게 따졌다.

"그럼 미리 말이라도 좀 해주든가! 이건 완전히 수치 플레이잖아!"

어쨌거나 웰미는 자신들이 소재가 된 연극을 보고 대성통곡한 셈이다.

아마 주위에서는 알고 있었을 것이다.

야회에서 그런 대소동을 벌인 데다 귀족이란 원래 시간과 수고를 들여 그런 소문을 퍼뜨리기 좋아하는 존재니까.

심지어 귀족학교 시절, 남의 소문 이야기를 좋아해서 일부러 곁에 두었던 소녀들도 그 야회에 있었다.

그것이 반발하는 자들을 입 다물게 만들기 위한 책략이라면 모델이 된 사건도 후작가의 힘을 이용해 퍼뜨리는 것은 당연한 수순이다.

웰미의 그런 분노에 에이데스는 심술궂게 웃으며 다리를 꼬고 태연하게 이쪽을 바라보고 있다.

"부끄러워하는 모습도 귀여워, 웰미."

"그런 말로 얼렁뚱땅 넘어가려고 해도 소용없어! 지금 날 놀리는 거지?!"

"너무하는군. 인기 극단의 신작 공연 초연일이라는 프리미엄 티켓이었어."

"내·용!"

"아아, 여주인공 중 하나인 여동생의 갸륵한 마음씨가 특히 눈에 띄는 좋은 무대였지."

"~~!"

"그렇게 화내지 마. 소문이 퍼지고 나서 보러 가는 것보다는 낫잖아."

"내가 울었다는 이야기까지 퍼뜨리면 가만 안 둘 줄 알아!"

"그것도 괜찮군. 생각 못 했는데 검토해 보기로 하지."

말로는 도저히 당할 수 없다.

이 이상 입씨름해 봤자 더 민망하고 기분만 상할 뿐이라 웰미는 입을 다물었다.

※※※

간신히 부끄러움을 삼키고 저녁식사 자리에서는 맛있는 음식을 즐긴다.

"이건 뭐야? 맛있네."

"흰살생선 뫼니에르야. 최근에 개발된 냉동보존 마도구 덕분에 왕도까지 신선한 상태로 운송이 가능해진 바다 생선이지. 크림치즈와 궁합이 좋아."

웰미의 질문에 에이데스가 와인 잔을 입으로 가져가며 대답했다.

그러자 이오라가 감탄한 얼굴로 고개를 끄덕였다.

"냉동 마도구에 그런 사용법도 있군요…."

"처음엔 마도사 부대용 마도구로 개발된 것 같아. 그쪽은 냉동 목적이 아니라 행군하다 더위 먹은 병사들이 쉴 방을 시원하게 만드는 데 사용했는데 써보니까 효과가 좋아서 병원에서도 사용하게 됐다고 해."

거기서 다시 부유층 한정이기는 하지만, 민간 이용이 시작되었다고 한다.

멀리 떨어진 산지에서 신선한 먹거리를 운송하기 위해 사용하는 것 외에도 지금은 지상에 와인을 보관할 때도 사용하고 여름에 한 번 끓여 살균한 음료를 차갑게 만드는 데도 사용한다고 한다.

"웰미와 이오라도 주문한 과즙음료를 마셔봐. 얼음을 넣으면 맛이 연해지지만 냉동 마도구로 진한 맛을 유지하면서 시원하게 제공한다는 것 같으니까."

그 얼음 자체를 보관하는 데도 냉동 마도구가 사용된다고 한다.

마셔보니 확실히 시원하고 진한 과즙 맛에 입안이 산뜻해진다.

"세상은 점점 편리해지는구나…."

"굉장해."

"이오라…, 네가 개발 중인 마력부담 경감 마도구도 만만치 않은 발명품이야. 성공하면 마도사뿐 아니라 평민들에게도 마도구와 마술이 보급될 가능성이 있어."

"그래?! 역시 우리 언니야!"

"나 혼자만의 힘이 아니야. 많은 사람들의 도움이 없었다면 그냥 이론으로 끝났을 거야."

언니는 부끄러워하며 고개를 숙였다.

여전히 겸손하게 말하지만 웰미로서는 애당초 이론을 생각해낸 시점에 이미 대단하다는 사실을 언니가 자각해야 한다고 생각했다.

마력을 대량으로 소비하는 많은 마술과 일부 마도구는 마도사와 귀족의 전유물이라, 그로 인해 귀족의 특권이 유지되는 측면이 있다.

예를 들면 저주의 마도구 중에는 마력을 빨아들여 건강을 해치는 것과, 마술의 사용을 방해하는 것 등이 있는데 마력량이 적은 평민에게 사용하면 죽음에 이르게 할 수도 있는 것이다.

—라고. 귀족학교의 수업에서 배웠다.

"이오라는 우수해. 그건 의심의 여지가 없어."

에이데스도 웰미의 발언에 동의를 표해주었다.

"냉동 마도구도 지금은 많은 평민들이 조금씩 마력을 제공해 발동시키고 있어. 그 사용부담을 경감한다는 건, 한 사람이 지속적으로 효과를 유지할 수 있게 해주는 획기적인 발명이야."

"감사합니다…. 사실 최종 목표로 저는 언젠가 '사람의 마력'을 매개로 하지 않는 마도구를 만들고 싶어요."

"그게 무슨 뜻이야?"

레오의 질문에, 언니는 고개를 들고 미소 지으며 설명했다.

"인간의 마력은 하늘과 땅에 가득 차 있는 마력의 원천을 피부로 흡수해 체내의 '그릇'에 모으는 것으로 알려져 있어. 그 이론에 따라, 나는 약초나 마도구를 써서 그 마력의 원천을 더 많이 체내에 집어넣거나, 혹은 술식을 검토해서 타고난 마력의 그릇이 작은 사람이라도 부담 없이 마술을 행사할 수 있도록 하는 방법을 연구 중이야."

그 이론을 더욱 발전시키면 세상에 존재하는 마력의 원천을, 마도구에 새겨진 술식에 직접 주입해 발동시킬 수 있지 않을까 하고 언니는 생각하는 모양이다.

웰미로서는 전혀 이해할 수 없는 내용이다.

이해할 수는 없지만 뭔가 굉장하다는 것만은 알 수 있다.

실현되면 마력이 없는 사람도 마술을 사용할 수 있게 되는 거니까.

"와, 그렇게 되면 역사에 언니 이름이 새겨지겠네…."

"지금도 충분히 새겨지고 있어. 마력부담 경감 연구로 마도사계에 혁명을 일으킨 데다, 장차 일국의 왕태자비가 될 몸이니까."

황홀하게 중얼거리는 웰미 옆에서 레오가 말참견을 했다.

"시끄러워, 레오. 언니는 군계일학 중의 군계일학이라 아직도 충분히 가치를 인정받지 못했어!"

"그 말 자체에는 동의하지만, 넌 진짜로 조만간 불경죄로 혼날 줄 알아!"

"흥, 할 수 있으면 해 보시지! 에이데스가 가만 안 있을걸!"

"그런 건 네가 알아서 한다고 안 하냐…."

쓴웃음을 짓는 레오에게 웰미는 흥, 하고 코웃음을 친다.

옆에서 칭찬에 익숙하지 않은 언니가 얼굴을 붉힌 채 소심하게 앉아 있는 모습을 넘치는 사랑으로 바라보면서 다시 레오에게 쏘아붙인다.

"이용할 수 있는 건 뭐든지 이용하자는 게 내 신조야. 특히 언니를 위해서라면 더더욱."

"네, 네. 아무렴요…."

그렇게 입씨름을 벌이는 두 사람을 바라보던 에이데스가 웰미처럼 이오라를 바라보면서 조금 정색을 했다.

"하지만 앞으로는 지금까지보다 더 조심해야 될 거야. 논문이 정식으로 발표되면 가급적 공식석상에는 나가지 않는 게 좋아."

"왜?"

웰미의 질문에 에이데스가 대답하자 그들 사이에 긴장감이 흘렀다.

"이오라의 연구는, 귀족의 특권을 위협하는 것이니까."

과거 귀족은 마력의 양이 많아 평민보다 마술에 뛰어나기 때문에 권력을 얻었다.

법에 의해 귀족이 보호받고, 그중에서도 남성의 권력이 강한 것은, 남아가 여아보다 몸이 약한 탓에 성장하기 어려워 여성보다 수가 적기 때문이다.

희소함은 그 자체로 가치가 있는 법. 마력이 강하고 마술에 뛰어난 남성이라는 존재는 무엇보다도 희소하다.

최근에는 '여성이 대체로 마력이 많기 때문에 건강하게 성장하는 경향이 있다'라는 연구결과가 나와 그로 인해 귀족 여성과, 마력이 강한 평민의 학교 입학이 가능해질 정도로 의무화된 측면이 있다.

마력의 폭주와 폭발을 방지하고 나아가 마술의 올바른 행사방법을 교육함으로써, 더 뛰어난 인재를 많이 확보하는 것으로 이어진다.

하지만 모두가 마술을 행사할 수 있게 되면… 귀족의 근간이 흔들려 기득권을 위협받게 되므로 반발이 생길 가능성이 있다고 에이데스는 말하는 것이다.

"여론에 좌우되지 않는 연구기구를 두었기에, 우리는 최선을 다해 이오라를 지킬 작정이지만 궁지에 몰린 상대가 어떻게 나올지는 모르는 일이야. 암살이라도 당하면 돌이킬 수 없어."

"…언니는 아직 안전하지 않구나."

웰미는 조용히 중얼거렸다.

기껏 에르네스트 백작가의 학대에서 구출해냈는데 이번에는 언니의 가치를 높인 연구가 언니를 위협하다니.

—어떡하지.

　웰미는 고심하다가 곧 어떤 생각을 떠올렸다.
　"그럼 다음에 내가 할 일은 그거네."
　"뭔데?"
　귀엽게 고개를 갸웃하는 언니의 모습에 웰미는 미소를 지었다.
　"파벌을 만드는 거야. 언니를 지지하는 파벌을. 난 언니처럼 똑똑하지는 않지만 그런 건 나름 자신이 있거든."
　귀족학교에서도 그렇게 추종자를 만들었다.
　귀족의 사교계에서는 악평 일색인 웰미지만 지금은 에이데스라는 든든한 뒷배가 있다.
　권력을 마음껏 이용해 언니를 따르는 게 득이 된다고 생각하게 만들어, 왕태자비로서의 입지를 다지게 만드는 것이 웰미의 역할이다.
　오르밀라주 후작가는 공식적인 혈통으로서 거리를 두고 있어 중립적인 입장이지만 그 권세는 왕실을 능가할 정도라 외국에도 영향력이 있다.
　웰미가 후작부인으로 파벌을 만들어 언니와 사이좋은 모습을 보여주면 주위에서는 알아서 착각해줄 것이다.
　왕태자비와 가까운 후작가까지 적으로 돌리는 것은 곤란하다고 생각하게 만들면 그만이다.
　"괜찮지? 에이데스."
　"마음대로 해. 너의 그런 능력이 오르밀라주 후작가의 안주인으로 손색없다는 건 충분히 이해하고 있으니까."
　에이데스의 허락을 받고 웰미는 만족했지만 언니는 어쩐지 두 사람의 대화를 쫓아가기 어려운 듯 안절부절못하고 있었다.

"웨, 웰미? 이야기가 너무 커진 거 아냐? 나에게 그럴 만한 가치는 없어. 너무 나갔어."

""그건 아니지!""

자신의 가치를 과소평가한 나머지, 주위에 미치는 영향을 낮게 평가하는 경향이 있는 언니를 향해, 웰미와 레오가 동시에 부르짖었다.

"언니는 그대로도 좋지만 위기감만은 좀 더 가져줬으면 좋겠어."

"동감이야."

"…응, 알았어."

언니는 아직 완전히 납득하지 못한 것 같았지만, 웰미는 강제로 이야기를 끝맺었다.

"밥도 다 먹었으니까 이 얘기는 여기서 끝! 자, 놀자!"

이 레스토랑에는 유흥설비가 갖추어져 있다고 들었다.

웰미는 거기에도 기대가 컸던 것이다.

그 후 카드게임과 체스, 당구와 다트 등을 언니와 에이데스(덤으로 레오)와 마음껏 즐기고 난 웰미는.

매우 만족스러운 기분으로 자정이 지날 무렵, 에이데스와 함께 오르밀라주 별저로 귀가했다.

─ 시녀로부터, 또 한 명의 주인에게 바친다.

아득히 먼 날에, 북으로

아득히 먼. 어느 날.

에이데스 님을 방문 중인 이오라를 기다리는 동안, 에르네스트 백작가에서 어린 시절부터 그녀를 모셔온 시녀 올레이아는 웰미를 만나고 있었다.

후작가의 안주인이 된 그녀의 뱃속에는 지금 새로운 생명이 깃들어 있다.

그런 그녀는 의자에 앉아 창밖을 바라보며 물었다.

"올레이아."

"네, 웰미 아가씨."

자신의 배를 쓰다듬으면서 그녀는 조용히 말을 이었다.

"난 이 아이를 가진 뒤로 자주 생각해. 어머니는 왜 그렇게까지 언니를 미워했을까 하고…."

"……."

올레이아는 그 말에 대답할 수 없었다.

대답을 가지고 있지 않았던 건 아니지만.

"내가 너무 소중해서, 백작가의 후계자로 만들고 싶었기 때문에? 하지만 그게 다는 아닌 느낌이 들어…."

웰미는 혼잣말처럼 한 마디, 한 마디 중얼거렸다.

"어머니는 행복했을까?"

그 주홍색 눈동자에는 자신의 어머니인 이자벨라를 생각해서인지 슬품과 비슷한 빛이 떠올라 있었다.

"난 어머니가 무서웠어. 언니를 향한 그 적대감 가득한 눈빛이. …하지만 그 증오는 정말로 언니를 향한 것이었을까…?"

결국 웰미에게 올레이아는 아무 말도 하지 않았지만.

"아버지가 여행을 떠날 준비를 하고 계신대. 북쪽으로 가신다고."

"……."

"어머니를 만나러 가시는 걸까…."

그 말에 마음 한구석에 언제나 남아 있던 생각을 더해서.

후에 이오라의 부탁으로 클라테스 님에게 마도구를 가져갔을 때, 그에게 물어보았다.

"…클라테스 님."

"뭐지? 올레이아 양."

온화한 웰미의 친부는 그녀와 매우 닮은, 그러나 더 부드러운 인상으로 이쪽을 향해 미소 지었다.

"여행 준비를 하고 계신다고 웰미 아가씨에게 들었습니다. 실례지만 어디를 가시는 건가요?"

"…북쪽의 수도원에 가려고 해. 이자벨라와 한 번 이야기를 나눠봐야할 것 같아서. …웰미의 회임 소식도 있고."

그 소식을 전할지 말지는 망설이는 중이지만.

그렇게 클라테스 님은 말했다.

"죄송합니다. …제 옛날이야기를 잠시 들어주실 수 있나요?"

"응."

"저는 이자벨라 님이 싫습니다."

단호하게 말하는 올레이아를 보고 클라테스 님은 가볍게 놀란 표정을 지었지만 아무 말도 하지 않았다.

싫어하는 이유는 확실하게 말해두지 않으면 안 되기 때문에 말을 이었다.

"이자벨라 님은 이오라 아가씨를 굉장히 가혹하게 대하는 분이었기 때문입니다."

"…그렇군."

"하지만 그분은 웰미 아가씨와 고용인들에게는 무척 상냥한 분이었습니다. 본인도 평민 출신이라 고용인들과 다를 게 없다고 하시면서요."

이제는 오래된 일이지만, 올레이아는 기억하고 있다.

언제나 치하하는 말을 잊지 않고, 안색을 살펴 주고 피곤해 보이면 휴식시간을 주고, 문제가 생길 것 같으면 중간에서 친절하게 이야기를 들어주었다.

다만 이오라 아가씨가 관련되면 사람이 달라지기 때문에 고용인들도 몇 달만 지나면 모두가 이오라 아가씨에게 냉담해지게 되었다.

—그토록 상냥하시면서 왜 이오라 아가씨에게만.

그런 의문이 줄곧 올레이아의 마음속에 있었다.

"왜 이오라 아가씨에게만 가혹하게 대했는지 저는 모릅니다. 옛날에 웰미 아가씨가 강에 빠져 열이 났을 때, 그분은 간병을 하지 않으셨어요."

올레이아는 그때 내심 분개하고 있었다.

따귀를 맞은 이오라 아가씨에게 간병을 맡겨놓고 정작 그 일로 불같이 화를 낸 자신은 간병을 하지 않다니.

그렇게 생각하고 있었지만.

"하지만 미지근해진 물을 갈러 복도로 나오자, 마님이 복도의 의자에 앉아 계셨습니다."

깜짝 놀라 그 자리에 얼어붙은 올레이아를 보고 그분은 미소 지으며 입술에 손가락을 대었다.

"웰미는 아까 그 일로 나에게 겁을 먹었어. 그런 내가 옆에 있으면 마음이 편하지 않을 거야."

그러더니 올레이아에게서 양동이를 받아들고 "나중에 방문 앞에 놓아둘 테니 좀 쉬도록 해"라고 말했다.

"저어…, 그러면 이오라 아가씨를 먼저 쉬시게 해도 될까요…?"

주뼛주뼛 물어보자, 마님은 눈살을 찌푸리고 쌀쌀맞게 대꾸했다.

"너에게 준 휴식시간이니까 네 마음대로 해."

그렇게 말하고 자리를 떠버렸다.

"마님의 진의를 저는 모르겠습니다. 혹시라도 의도치 않게 이오라 아가씨와 웰미 아가씨를 슬프게 할까 봐 두 분께는 말씀드리지 않았지만 딱 한 번, 마님이 방 안에서 혼잣말을 중얼거리시는 걸 들은 적이 있습니다."

'더 꼴 보기 싫은 아이였으면 좋았을걸…'이라고.

이자벨라가 창가에 서서 별채를 바라보며 중얼거린 말이 희미하게 들린 것이다.

"클라테스 님이라면 혹시 뭔가 아실까 싶어서 말씀드렸습니다."

"고마워, 올레이아 양."

클라테스 님은 잠자코 이야기를 다 들은 후, 그렇게 말하고 어쩐지 기쁜 미소를 지었다.

"이자벨라는 변한 게 아니었군. …사치에 눈떠 딴사람 된 건가, 아니면 내가 속은 건가, 그렇게 생각했었어. 그럴 리 없다고, 스스로를 완전히 믿지 못한 나는 그녀를 만나러 가기까지 이토록 시간이 걸리고 만 거야."

참 한심하지, 하고 그는 자신의 볼을 긁적였다.

"나는 스스로를 사람 보는 눈이 없는 어리석은 자라고, 그 때문에 웰미를 힘들게 만들고 말았다고 생각하려 했지만…, 역시 다른 의미에서 눈이 흐려져 있었던 것 같아."

"……."

"나와 헤어진 후에 올레이아 양이 봤다고 하는 이자벨라의 이야기를 잘 기억해둘게. 내가 아는 이자벨라도 상냥한 여인이었어. 양다리를 걸치거나 사기를 칠 사람이 아니라고, 사실을 눈으로 보고도 완전히 믿지 못했지만 올레이아 양의 말을 듣고 확신이 생겼어."

올레이아는 잠자코 고개를 숙였다.

이 이야기를 한 결과가 어떻게 될지는 알 수 없지만.

이자벨라를 완전히 미워할 수만은 없는 마음이 자신 안에도 아마 있었기 때문에.

이오라 아가씨가 볼일을 마쳐서, 올레이아는 조용히 그녀의 뒤를 따랐다.

그 사이 어엿한 왕태자비 전하가 된 그 뒷모습을 바라보며 생각했다.

올레이아는 그녀들이 '할멈'이라고 부르던 노파의 소개로, 할멈이 에르네스트 가문을 떠나는 시기에 맞춰 에르네스트 백작가의 시녀가 되었다.

홀리로라는 이름을 가진 공작가와 관련 있는 가계의 방계로, 본가는 남작 작위를 가지고 있었지만 영지는 없고 작위의 반납을 앞두고 있었다.

그런 올레이아를 눈여겨본 사람이 할멈이었다.

'어떤 사람에게 소개를 받았다'라며 나타난 그녀의 제안을 받아들여, 올레이아는 백작가에서 일하게 되었고, 본가는 얼마간의 원조를 받아 존속하게 된 것 같았다.

지금은 왕태자비 전속 시녀가 된 자신에게도, 자작부인의 칭호가 주어졌다.

혼인에 의하지 않은, 당대 한정인 명예작위지만, 왕태자비의 시녀를 배출한 덕분에 형제자매에게도 조금은 좋은 혼담이 들어오게 된 것 같았다.

하지만 올레이아에게는 관계없는 일이다.

이오라 아가씨와 웰미 아가씨.

이 두 사람만이 평생 올레이아의 주인이며 그녀가 모실 분들이다.
그 외에 다른 사람을 생각할 여유 따위는 없다.
하지만.

―만약, 이루어질 수 있다면.

올레이아는 웰미 아가씨만은, 과거에 마님이었던 이자벨라 님과 화해하기를 바라고 있다.

이오라 아가씨를 구하기 위해 모조리 함께 파멸시킨 과거는 있지만 지금 웰미 아가씨가 품고 있는 괴로움이 사라질 수 있다면.

두 아가씨가 건강하고 행복하게 사는 것.

그것만이 올레이아의 바람이니까.

※※※

"시스터 이자벨라, 면회입니다."

그 말에, 발걸음을 향한 곳에 있는 남자의 모습을 보고 이자벨라는
몸을 움츠리며 숨을 삼켰다.

─클라테스…!

얼굴에서 순식간에 핏기가 가셨다.

왜 이제 와서, 이런 곳에.

저도 모르게 몸을 돌렸지만, 그랜드마 수녀는 이자벨라의 퇴실을 허
락하지 않았다.

"…제발 허락해주세요…."

"안 돼요. 시스터 이자벨라. 클라테스 님은 당신의 환속에 관한 이야
기를 하러 오셨어요. 승낙도 거절도 모두 당신에게 달렸으니까 스스로
생각하고 대답하세요."

이자벨라는 이 수도원에 온 뒤로 겸허하고 진지하게 기도에만 매진
하는 생활을 이어왔다.

─부디 웰미와 클라테스, 그리고 이오라가 평온하게 살 수 있기를.

언제나 그렇게 신에게 기도를 올려왔다.

그런 자세를 인정하고 그랜드마는 '환속을 원한다면 도와주겠다'라고 말해줬지만, 이자벨라는 지금까지 거절해왔다.

수도원 생활은 당연히 혹독했다.

노동형이나 추방형에 처할 정도는 아니지만, 어떤 죄를 지은 여성을 일부러 받아들이는, 계율이 엄한 교회니까 당연한 일이다.

이곳에서 생활하는 수녀들은 모두가 그 괴로움을 한탄하고 있었지만.

이자벨라에게 마음 편히 그저 매일의 일과를 반복할 뿐인 생활은 죄에 대한 벌인 동시에 치유이기도 했다.

—할 수만 있다면, 생을 이대로 마치고 싶다.

이자벨라는 원래 양호원 출신이라 가난에 익숙했다.

사치를 부린 건 사바린을 괴롭히기 위해서였을 뿐.

오랜 세월 품어 왔던 증오가 사라진 후, 마음에 난 커다란 구멍을 바라보면서 온화하게 지낼 수 있는 것에 오로지 감사하는 마음뿐이었다.

이자벨라의 복수는 이미 끝났으니까.

언제 죽어도 여한은 없다.

남은 생을 기도에 바치고 싶다고, 그렇게 생각하고 있는데.

"…그랜드마, 제발…."

애원하다시피 고개를 숙였지만 눈앞에 있는 엄격하고도 다정한 여성이 입을 여는 것보다 먼저.

"이자벨라."

뒤에서 들려온 상냥한 목소리에 몸이 움츠러들었다.

"제발 나와 잠시만 이야기를 해줘. …그렇게만 해주면 아무것도 강요하지 않을게."

이자벨라는 눈을 질끈 감았다.

두 손을 가슴 앞에 모으고 꽉 움켜쥐자 갈라지고 거칠어진 손이, 쓰리고 야위어 울퉁불퉁해진 뼈마디의 감촉이 느껴졌다.

두건에 가려진 푸석푸석한 머리카락도 그저 뒤로 질끈 동여맸을 뿐.

얼굴엔 주름이 생기고, 화장도 안 했는데.

─당신을 볼 낯이.

"시스터 이자벨라."

나무라는 듯한 그랜드마의 목소리에.

이자벨라에게 거부할 권리는 남아 있지 않았다.

체념하고, 고개를 숙인 채 삐걱거리는 면회용 의자에 천천히 앉아 두 손으로 얼굴을 가렸다.

당신에게만은 결코 보여주고 싶지 않았는데.

이렇게 초라해지고 나이 먹은 채, 죗값을 치르고 있는 자신의 모습 따위는.

"돌아가세요, 리로우드 백작님…. 여기는 왜 오신 건가요. 저를 비웃으러 오신 건가요."

─제발, 보지 말아요.

가슴이 천 갈래 만 갈래로 찢어지는 심정이다.

그래도 이를 악물고 이자벨라는 어리석은 여자를 연기했다.

그렇게라도 하지 않으면 도저히 그와 이야기할 자신이 없으니까.

고개를 들 수 없을 만큼 지독한 짓을 했으니까.

"이자벨라, 나는 그런 짓을 하러 일부러 여기까지 올 만큼 한가하지 않아."

"거짓말 마세요. 당신을 배신하고 나락에 떨어진 저를 비웃으러 온 거죠?"

알고 있어요, 그런 사람이 아니라는 건.

하지만 자기밖에 모르는 어리석은 여자는 그런 식으로 생각하게 마련이다. 자기밖에 모르는 여자라고, 제발 생각해줘요, 클라테스.

─그리고 그냥 돌아가줘요. 다정하게 말을 걸지 말아요.

울어버릴 것 같으니까.

"비웃을 일은 하나도 없어. …이자벨라, 나는 웰미를 만난 뒤로 줄곧 의문이었어. 당신은 정말로 나를 배신했던 거야?"

이자벨라는 헉, 하고 날카롭게 숨을 삼켰다.

왜 묻는 거죠.

왜 그걸 물어보는 거죠.

이야기하고 싶지 않은데.

떠올리고 싶지 않은데.

"……"

"당신을 잃은 그날부터 웰미의 존재를 알 때까지, 나는 그저 빈 껍데기였어. 웰미의 존재를 알고 난 후에는… 이자벨라, 당신이 키운 그 아

이가 굉장히 총명해서, 내가 뭔가 잘못 생각한 게 아닐까 하는 생각이
들었어."

—아뇨, 아뇨. 당신은 잘못이 없어요.

"불륜을 저지르고 사치에 빠진 여자…. 그런 여자의 손에 큰 것처럼
보이지는 않았으니까."

그만.

제발 그만해요.

이자벨라는 클라테스가 포기할 만한 말을 필사적으로 생각했다.

최대한 악랄하게 들릴 말을.

클라테스가 낙담해버릴 만한 말을.

"…웰미는 부모를 배신한 아이예요…. 그런 아이로 키운 건 제가 아
니에요. 시녀와 골드레이, 그리고 코르웰라 부인이에요…."

—그 사람들이 그 아이를 바르게 키워줬어요. 클라테스.

목소리가 떨릴 것 같다.

"그래? 하지만 4살까지는 당신이 웰미를 혼자 키웠잖아? 그리고 웰
미는 당신이 자신에게는 상냥했다고 말했어. 올레이아도 당신이 고용
인들에게는 상냥했다고 말했고."

"……."

"이자벨라, 이오라에 대한 태도 말고 내가 들은 당신의 모습은, 내가
아는 마음씨 착한 이자벨라 그대로였어. …내가 사랑한 이자벨라였어."

"…그만하세요. 저는 당신을 만나고 싶지 않았어요. 그만 가주세요

…."

듣고 싶지 않다.

그런 말은 듣고 싶지 않다.

클라테스가 사랑한 이자벨라는, 사바린에게 능욕당한 그날 죽고 말았으니까.

—이미 모든 게 늦었어요. 늦고 말았어요.

그날 들떠 있지만 않았다면.

마차가 다가오는 것을 알아차렸다면.

—당신은 상처받지 않을 수 있었는데. 전부 나 때문인데.

그래서 이자벨라는 기를 쓰고 허세를 부렸다.

그렇게 하지 않으면 울어버릴 것 같아서.

들키고 싶지 않았는데 알아차리고 만나러 와준 클라테스의 마음을 기쁘게 느끼고 말았으니까.

"그만 돌아가세요…. 제발요…, 백작님…."

—제발 부탁이니까, 이미 추해져 버린 나를 보지 말아요.

더럽혀지고 나이 먹은 이런 모습을.

클라테스의 손이 좁은 책상을 사이에 두고 이자벨라의 어깨에 닿았다. 흠칫 몸을 떨자 클라테스가 이자벨라의 팔을 손으로 붙잡았고 그녀는 저항했다.

"끝까지 얼굴을 안 보여줄 거야?"

"저에게 그런 굴욕을 주고 싶으신가요…? 추한 꼴이라고 생각하지 않으시나요?"

―보지 말아요. 추억 속에서, 얼굴만이라도 아름다운 나로 있게 해 줘요.

"이자벨라. …버릇은 여전하군. 그리고 옛날과 다름없이 당신은 거 짓말이 서툴러."

클라테스가 조그맣게 웃은 것 같았다.

"나에게 미안함을 느낄 때, 당신은 언제나 그런 식으로 고개를 숙인 채 어깨를 떨고 있었지. '내가 잘못했으니까'라고, 울지 않으려고. … 집을 계약한 뒤에 둘이 함께 집 안을 정리할 때도, 당신은 내내 불안한 얼굴을 하고 있었어."

공작가와 절연한 뒤에, 집에 도착하면 무슨 일인지 물어보려 했었다 고 그는 말했다.

"이자벨라, 나는 굉장히 후회했었어. 더 일찍 물어봤어야 했다고. 그 리고 지금은 이렇게 생각해. …나도 이제 어른이 됐으니까, 당신이 말 하고 싶지 않다면, 말하지 않아도 돼."

클라테스는 덜컹 소리를 내며 의자에서 일어나, 다정하게 이자벨라 의 등을 쓰다듬었다.

"이자벨라. 아주 먼 길을 돌아오고 말았지만, 이번에야말로 나와 함 께 살아주면 안 될까?"

머릿속이 새하얘졌다.

지금 클라테스가 뭐라고 한 거지? 하지만 받아들여서는 안 되는 그 말에 이자벨라는 크게 고개를 가로젓는다.

"무리, 예요…. 죄송… 해요…."

"이자벨라. 당신에게 무슨 일이 있었든, 나에게 미안하게 생각할 필요는 없어. 당신은 죗값을 치렀어. 당신의 죄는 라이오넬 왕태자비 전하를 학대한 일뿐이라고, 나는 생각해."

이오라는 '미워하지 않는다'라고 말했다고 했다.

그럴 리 없다.

왜냐면 이자벨라는 그 아이에게서 모든 것을 빼앗았으니까.

되찾아준 사람은 웰미.

그걸 용서하다니.

—나는 사바린을 용서할 수 없었는데.

모든 것을 빼앗은 상대를 왜.

"당신은 이미 충분히 죗값을 치렀어. …그러니까 제발 이자벨라, 나를 위해 나와 함께 있어줘. 노후에 혼자는 너무 쓸쓸하니까."

"…백작님, 제발…."

하지 말아요.

그런 말은 하지 말아요.

상냥하게 대해주지 말아요.

의지하고 싶어지니까.

그러면 안 되는데, 참지 못할 것 같으니까.

"이젠 클라테스라고 안 불러줄 거야? …이자벨라, 웰미는 곧 아기를 낳을 거야."

"……!"

"첫 손주야. 굉장히 기대가 커. 하지만 아내도 딸도 나와 별로 같이 있어 주지 않아서, 난 어떻게 대해야 좋을지 잘 모르겠어."

이자벨라가 얼굴을 가린 손바닥 안쪽에서 놀란 표정을 짓자, 클라테스는 몸을 기울여 귓가에 속삭였다.

"아기를 어떻게 대해야 하는지 당신이 나에게 가르쳐주면 안 될까? 어떻게 귀여워 해줘야 되는지, 뭘 하면 안 되는지. 당신이라면 아마 잘 알 거라고 생각해."

클라테스의 손이 얼굴을 가린 이자벨라의 두 손을 붙잡고 떼어내자, 마침내 이자벨라는 그의 품에 안기고 말았다.

흐르는 눈물을, 야윈 얼굴을 들키고 말았다.

눈물로 흐려진 시야에 비치는 클라테스는.

옛날과 다름없이 다정한 눈빛으로 미소 짓고 있었다.

머리는 반백이 되고 주름이 늘었어도.

이자벨라가 좋아했던, 지금도 좋아하는 클라테스 그대로.

"예뻐, 이자벨라. 옛날이랑 똑같아."

"화장도 안 했는데…. 추한 노파예요…. 저, 는…."

"양호원에서 열심히 일하던 시절의 당신은 화장을 안 해도 눈부시게 빛나고 있었어. 나이를 먹은 건 나도 마찬가지야."

"저는… 나는 당신을 배신했어요…, 클라테스…!"

그 이상은 더는 떨리는 목소리를 억누를 수 없었다.

"미안해요…, 미안해요…!"

줄곧 사과하고 싶었다.

상냥한 당신에게 상처 준 것을 줄곧.

"이제 괜찮아. …드디어 이름을 불러줬군, 나의 귀여운 이자벨라."

책상을 돌아 옆으로 다가와 부드럽게 이자벨라를 감싸 안은 클라테스가 귓가에 속삭였다.

옛날처럼.

"아무 말 안 해도 돼. …그러니까 함께 돌아가자. 난 여전히 당신과 함께 살 예정이었던 그 집에 살고 있으니까."

이자벨라는 그 이상 아무 말도 할 수 없어서.

다만 잠자코 고개를 끄덕였다.

— 다음 권에 계속 —

작가 후기

여러분, 안녕하세요.

이름 없는 숙녀랍니다.

표지 날개 이후의 재회에 진심으로 감사드려요.

말은 그렇게 했으나, 작가는 실은 남자입니다. 네.

죄송합니다. 필명에 말투를 조금 맞춰봤습니다.

처음 뵙는 자리인지라, 이 필명의 유래에 대해 잠시 설명하겠습니다.

'이세계 연애물을 쓴다면 필명을 바꿔볼까나~'라는 생각에서 시작되어. 신원불명의 여성●체를 의미하는 '제인 도'와, 편의주의의 끝판왕으로 불리는 '메리 수'에서 따왔습니다.

…유래가 심히 아름답지 못하군. 누구야, 이런 필명을 지은 인간이. (너님이요.)

여차여차해서 다시 한번 인사드립니다. 메리 도입니다.

악역 영애물, 좋죠.

누명을 썼거나, 정말로 악녀거나, 다양한 작품이 세상에 많이 있습니다만, 그런 작품들에 자극받아 웰미의 이야기는 탄생했습니다.

악역 영애라 불리는 소녀의 대부분은 의붓자매인 이오라 같은 성격입니다.

착하고 능력은 있지만 불운하고, 새로운 환경에 몸을 두면서 '진짜 자신'을 손에 넣어가는…, 이를테면 신데렐라 같은 소녀.

그런 소녀가 주인공인 이야기는 그건 그것대로 훌륭하지만, 문득 생각하고 만 것입니다.

악역 영애라고 한다면, '스스로 '악역'을 가장하는 영애'의 이야기는 어떤 이야기가 될까? 라고요.

웰미는 악역입니다.

추종자를 거느리고, 아름답지만 주위의 평판은 나쁘고, 의붓언니의 약혼자를 빼앗고, 급기야 집에서 쫓아내는… 실로 전형적인 악역이라 할 수 있겠죠.

웰미는 스스로 악을 선택한 소녀입니다.

그녀는 왜 그런 길을 선택했는가.

본편을 읽으신 분이라면, 그 이유를 아실 겁니다.

이제부터 읽으실 분들은 모쪼록 그녀의 여정을 지켜봐 주시기 바랍니다.

자, 그럼 작품 소개도 끝났으니까.

화제를 바꿔, 쿠가 후나 선생님의 일러스트는 정말 근사하지 않습니까?

정말 근사하지 않습니까? (중요한 말이라 2번 했습니다.)

표지에 권두화에 삽화까지… 어머머, 저도 모르게 단순한 오타쿠로 돌아가, 너무 소중해서 하마터면 승천할 뻔했지 뭐예요!

설마 내 작품에 이토록 아름다운 색채를 더해주실 줄이야! 라고 매일 아침 눈뜨자마자 오체투지로 감사 인사를 올리고 있습니다!

여러분도 부디 아름다운 일러스트와 함께 이 이야기를 즐겨주시기 바랍니다!

또한, 본 작품에 관해서는 「만화 UP」에서 만화화 기획을 진행하고 있습니다!

만화를 그려주실 분은 스텔라기 스즈카 선생님입니다!

스텔라기 선생님도, 쿠가 선생님 못지않게 훌륭한 작품을 그리시는 분이라 "이, 이분이 만화를 그려주신다굽쇼?"라고 충격을 받았습니다.

만화화도 많이많이 기대해주십시오!

그리고 저는 평소 「소설가가 되자」에 작품을 공개하고 있습니다.

그밖에도 서적화된 작품과 서적화 예정인 작품이 몇 개 있으니까, 이 작품이 재미있다고 생각하시는 분은 작가명 '메리 도'로 검색해 놀러 와 주시기 바랍니다!

기다리겠습니다!

마지막으로, 이 작품이 나오기까지 수고해주신 모든 분들과 독자 여러분.

그리고 최근 모 아이돌 기획사의 설남(雪男)이라는 그룹의 늪에 끌어 들이려고 획책… 아니, 권유하고 있는 편집자 S씨에게 최대한의 감사를 담아.

고맙습니다! 여러분과 다시 만날 날을 기대하겠습니다!
그럼 이만!

「악역 영애의 긍지」 발매를 축하합니다!
처음 읽었을 때부터 안쓰럽고 기특한 등장인물들에게
푹 빠졌기 때문에 일러스트 제작이 무척이나 즐거웠습니다.
웰미와 에이데스를 비롯한 등장인물들의 생생한 대화가
조금이라도 잘 표현되었기를 바라는 마음입니다…!
후기에는 누구를 그릴까 고민하다가,
컬러 일러스트에만 나오고 끝인 클라데스 씨와 칼라,
그리고 아바인 군을 선택해 봤습니다.
아버지다운 모습이 최고인 클라데스 씨,
모든 게 너무 멋진 칼라, 그리고 다양한 의도가 꿈틀거리는
이 단죄극에서 (어떤 의미에선) 순수한 아바인…(웃음).
이번에는 기회가 없었지만 언젠가
삽화로도 그리고 싶을 만큼 좋아하는 세 사람이었습니다!
일러스트가 이 이야기의 세계관을 넓히는 데
도움이 되었다면 기쁘겠습니다.
멋진 이야기를 집필해주신 메리 도 선생님,
많은 도움을 주신 편집자님,
그리고 독자 여러분께 진심으로 감사드립니다.

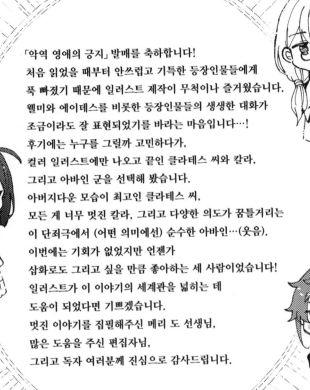

『악역 영애의 긍지』
1권 발매를 축하합니다!

신간 발매를
축하합니다!

Stella☆
Suzuka

악역 영애의 긍지 1

2025년 3월 15일 초판 인쇄
2025년 3월 31일 초판 발행

저자 · 메리 도
일러스트 · 쿠가 후나
역자 · 장혜영
발행인 · 황민호
콘텐츠4사업본부장 · 박정훈
책임편집 · 김선림
편집기획 · 신주식 최경민 윤혜림
마케팅 · 조안나 이유진
국제업무 · 이주은 김연
제작 · 최택순 성시원
한국판 디자인 · 디자인 우리
발행처 · 대원씨아이(주)

서울 특별시 용산구 한강로3가 40-456
편집부 : 02-2071-2104 FAX : 02-794-2105
영업부 : 02-2071-2061 FAX : 02-794-7771
1992년 5월 11일 등록 3-563호

http://www.dwci.co.kr/

ISBN 979-11-423-1029-4 04830
ISBN 979-11-423-1028-7 (세트)